cocon

Michael Elsaß: Tod unterm Windrad. Ein Wetterau-Krimi
Erschienen im CoCon-Verlag, Hanau
www.cocon-verlag.de
Titelgestaltung: Daniel Nachtigal auf der Grundlage eines Fotos von Michael Elsaß
Das Rezept für das Schalet auf Seite 159 lieferte Monika Hild aus Gedern.
ISBN 978-3-86314-279-7

Michael Elsaß

Tod unterm Windrad

Wetterau-Krimi

Prolog

Was für eine Nacht, was für ein herrlicher Abend mit der Frau, die ich liebe! Und wie herrlich ist dieser Morgen! Ich wache ohne Wecker auf, die Sonne scheint durch die Ritzen des Rollladens und sagt mir, dass ich aufstehen darf. Ich kann Menschen nicht verstehen, die bis mittags im Bett liegen und so die schönste Zeit des Tages verschlafen.

Zwei Stunden habe ich jetzt, die ganz allein mir gehören. Radfahren, bis an die Grenzen gehen, den Chemiebaukasten meines Körpers bedienen und Glückshormone produzieren. Danach duschen, ausgiebig frühstücken und dabei das Erlebte noch mal Revue passieren lassen.

Ich freue mich.

Während ich mich anziehe, denke ich wieder an gestern Abend. Sex mit einer Schwangeren ist wunderbar. Wie lange geht das noch? Irgendwann werde ich wohl das unangenehme Gefühl bekommen, mir dabei selbst zu begegnen. Aber jetzt? Ihre Brüste werden runder, fraulicher, ich könnte jetzt schon wieder, aber ich weiß, dass sie Sex am Morgen nicht mag.

Sie will nach Berlin, weg aus der Wetterau, weg von den Zwängen, den Forderungen, den Erwartungen ihrer Eltern. Wie gut kann ich das verstehen. Wenn ich an meine Eltern denke, überkommt mich eine unglaubliche Wut. Diese Verlogenheit, dieses So-tun-als-ob, ich hasse es. Ständig geben sie sich als gute Menschen, gehen sonntags in die Kirche. Aber ihr Leben ist eine einzige Lüge, und das macht mich so wütend.

Meine Wut macht mir manchmal Angst. Dann suche ich nach einem Ventil, um diese Wut loszuwerden. Im Kampf gegen unsinnige Windkraftanlagen, für Stolpersteine, gegen Umweltzerstörung. Ventile gegen die Wut, sonst platze ich.

Ich setzte mich aufs Rad und trete mit Macht in die Pedale. Es fühlt sich gut an, etwas mit seinem Körper zu machen, ihn zu spüren, mich zu spüren. Ich bin am Leben!

Die Häuser der neuen Siedlung rauschen an mir vorbei. Die ersten Bewohner sind schon auf dem Weg zur Arbeit. Viele arbeiten in Frankfurt und sind täglich zwei oder gar drei Stunden unterwegs. Sie wohnen hier, aber sie sind im Dorf nie richtig angekommen. Sie bleiben unter sich.

Jetzt komme ich in die Hauptstraße, vorbei an der Bäckerei, deren Düfte in mir ein richtiges Glücksgefühl wachrufen. Das Dorf hat seinen ganz eigenen Geruch, aus vielen solchen Düften zusammengesetzt. Es hat eine breite Hauptstraße mit viel Licht und Luft, ist nicht so klein und verwinkelt wie viele andere Dörfer. Ich bin gerne hier, deshalb bin ich hierhergezogen.

Endlich erreiche ich den Wald. Hier ist es gleich ein paar Grad kühler. Mal sehen, ob ich die Durchschnittsgeschwindigkeit halte.

Ich trete noch mal so richtig rein, aber es reicht nicht, ich werde zu langsam. Macht nichts, ich genieße einfach nur die Anspannung, die Belastung. Gleichmäßig tretend komme ich den Berg hinauf. Bald bin ich auf der Spitze, ein kleines Stück fahre ich dann noch weiter, um den Blick in den Vogelsberg zu genießen. Immer neu zeigt sich die Sonne über diesem herrlichen Land. Berge, Äcker und Weiden, nur wenige Häuser, die pure Idylle.

Dann wende ich. Am Waldrand steht ein Kombi. Hoffentlich kein Spaziergänger mit Hund. Die sehen und hören nichts und beanspruchen den Weg für sich allein.

Jetzt geht es bergab. Meine Sinne sind aufs Äußerste gespannt. Ich höre jeden Vogel, der im Laub trippelt, jedes Gezwitscher. Jeden Warnruf der Amsel. Der Duft des Waldes. Harzig, feucht und modrig jetzt im Herbst, aber auch frisch und kühl am Morgen. Das Licht. Die Sonne im Rücken. Die Farben des Waldes. Jetzt noch tiefes Grün, bald schon werden die Blätter viele Farben haben. Wie kann man so etwas nicht genießen? Jeder Tag hat sein eigenes Tempo, seine eigene Farbe, seinen eigenen Geruch.

Ich werde schneller und trete noch mal ordentlich in die Pedale. Jetzt die Rampe. Irgendetwas ist verändert. Die Spur ist schmaler, ist das der optimale Weg zum weitesten Sprung? Jetzt noch mal richtig reintreten und abheben …

Da ist etwas, was gestern noch nicht da war. Ich fliege direkt darauf zu, ohne ihm ausweichen zu können. Ein knirschendes, schmieriges Geräusch, etwas reißt.

Schmerzen, wie ich sie nie zuvor hatte, ohne zu wissen, wo genau sie herkommen. Ich liege auf dem Waldboden und kann mich nicht bewegen. Ich glaube, dass ich jetzt sterbe, ich verstehe nicht, warum. Meine Hände krallen sich in den Waldboden. Ich will mich aufrichten, doch es gelingt mir nicht. Mein Körper fühlt sich an wie mit Blei gefüllt.

Ich sehe mich als Kind durch unseren Garten rennen, mein Großvater ruft mich, er will mir etwas zeigen. Meine Mutter, die mich in den Arm nimmt. Mein Vater, der nur Schweigen für mich übrig hat, der enttäuscht ist von allem, was ich mache. Mein Bruder, der mich verleugnet.

Ich sehe mich in der Schule mit den Kollegen, sie wirken hohl auf mich.

Kerstin, hübsch und nichtssagend.

Ich weiß jetzt, es geht zu Ende. Ich spüre keine Trauer, nur Leere. Ich will noch was sagen, die Worte kommen aber nicht mehr richtig über meine Lippen. Etwas Warmes läuft mir aus Mund und Nase. Ein metallischer Geschmack. Wenn ich zu sprechen versuche, schäumt es. Als Kind habe ich versucht, mit meiner Spucke Blasen zu machen. Meine Eltern fanden das eklig, für mich war es etwas, das nur ich konnte. Wenn ich eine besonders große Blase geschafft hatte, hoffte ich auf Lob; vergeblich. Es hätte mir bestimmt gutgetan.

Dann sehe ich Schuhe neben meinem Gesicht. Ich versuche, danach zu greifen und gleichzeitig aufzuschauen. Kommt jetzt Hilfe? Ich weiß noch immer nicht, was überhaupt geschehen ist.

Wer ist so früh unterwegs, und warum bin ich so gestürzt, dass ich mich nicht mehr bewegen kann?

Es tut so weh, die Tränen schießen mir in die Augen, alles verschwimmt. Ich kann den Blick nicht nach oben richten, es gelingt mir einfach nicht, den Kopf zu drehen, nicht einen Zentimeter. Der Fuß zieht sich zurück, ich kann ihn nicht greifen.

Als Kind habe ich mit meinem Bruder oft in der Küche nach Süßigkeiten gesucht. Er kam immer an die Sachen ran, meine Arme waren zu kurz, so ist meine Erinnerung. „Kurze Arme, keine Schokolade!“, sagte Linus und grinste mich mit verschmiertem Mund an. Natürlich wurden wir erwischt, und natürlich wurde ich mit bestraft, denn ich war ja dabei, auch wenn von der Beute nichts für mich abfiel.

Als Jugendlicher hatte ich jahrelang so einen Albtraum. Ich war mit Freunden mit einem Boot auf dem Meer, wir waren schwimmen, aber niemand hatte die Leiter und auch nicht den Anker runtergelassen. Als wir wieder aufs Boot wollten, ist es uns nicht gelungen. Die Bordwand war zu hoch. Ich versuchte es vorne am Bug, dort, wo der Anker abgelassen wird. Aber ich konnte die Ankerkette nicht erreichen, es hat nur ein Zentimeter gefehlt. Dann hätte ich alle retten können. Derweil haben sich die anderen zusammengetan, und einer ist tatsächlich auf das Schiff gelangt, hat die Leiter runtergelassen und alle sind hochgeklettert. Sie haben die Segel gesetzt und sind zurück zum Hafen gesegelt. Mich haben sie vergessen, sie haben mich einfach vergessen.

Ich weiß noch, wie sehr mich der Traum deprimiert hat, ich habe ihn immer wieder geträumt, dabei hatte ich keine richtigen Freunde, erst recht keine mit einem Boot.

Meine Hand krallt sich in den Boden. Ich kann den Geruch wahrnehmen, feucht und erdig, frisch und irgendwie rein. Da kommt wieder der Schuh, er tritt mir auf die Hand. Es tut nicht weh, aber warum tut er das?

Ich will etwas sagen, versuche zu sprechen, will mich beschweren, protestieren, ja, das ist meine Welt, immer demonstrieren, mich beklagen. Ich bin nie zufrieden. Bin ich hier, will ich weg. Bin ich weg, will ich heim. Woher kommt diese ständige Unzufriedenheit? Ich war nie mit mir im Reinen, etwas fehlte immer, ich wusste nicht, was. Meine Beine werden schwer. Ich fange an zu frieren.

Ich höre ein Rauschen, wie Wellen, die mit Macht ans Ufer schlagen. Ein brausendes, sich aufbauendes Donnern, ein Grollen, von großer Kraft verursacht, um sich zu brechen und in einem sanften Schlürfen abzuklingen.

Es erinnert mich an die Sommerferien mit meinen Eltern, ich war vielleicht vier Jahre alt. Wir wohnten in einem kleinen Hotel an der französischen Atlantikküste. Ein Mann, der beim Frühstück neben uns saß, wurde beim Baden von den Wellen ins offene Meer gezogen und blieb für immer verschwunden.

Meine Mutter sagte damals, wir sollten für seine Seele beten. Ist jetzt die Zeit gekommen zu beten?

Ich denke an Lindita und an das Kind, das ich nicht mehr kennenlernen werde. Dann ist alles weiß.

1.

„Knie durchdrücken, Bauchmuskeln anspannen, Handflächen nach außen und über dem Kopf zusammenführen. Arme gegen die Ohren pressen, in die Knie gehen und halten." Seit drei Wochen mache ich jetzt mittwochs diese Verrenkungsübungen. Keine Ahnung, ob das gesund ist. Auf jeden Fall sterbenslangweilig.

Der Yogalehrer ist aber ganz begeistert von sich und die fünf anderen Schüler auch. Die Oberschenkel tun weh, mir ist flau im Magen, und ich weiß jetzt schon, dass ich morgen einen steifen Hals haben werde. Yoga ist nichts für mich!

„Yoga ist nichts für mich!", sage ich und sortiere meine Glieder. Der Yogi steht auf einem Bein und jetzt auch mit offenem Mund da. Die Damen funkeln mich an: Wenn Blicke töten könnten …

Grade, wie ich meine Tasche nehme, klingelt mein Handy. „Wetz, wo sind Sie? Der Rollerdieb hat wieder zugeschlagen und führt uns an der Nase herum. Er hat die Streife abgehängt und müsste jetzt eigentlich bei Ihnen in Echzell sein."

Ich bin echt froh, dass ich jetzt einen guten Grund habe abzuhauen. Ich setze mich hinters Steuer und fahre los. Der Wagen schnurrt durch den Ort. Mit dem Gasfuß muss man aber aufpassen. Seit die in jedem Ortsteil mindestens zwei Dauerblitzer aufgestellt haben, ist sportliches Fahren teuer geworden. Da gibt es kein Pardon, erst recht nicht von den Kollegen der örtlichen Hilfspolizei. Die fühlen sich nicht so recht für voll genommen von den richtigen Polizisten. Das liegt vielleicht daran, dass wir sie nicht richtig für voll nehmen.

Mit exakt 50 Sachen fahre ich durch den Ort. Da kommt mir ein Roller mit irrem Tempo entgegen. Als er durch den Blitzer fährt, gibt es eine richtige Lichtorgie. Der Typ auf dem Roller ist verwirrt, ich nutze die Gelegenheit und stelle meinen Benz quer. Der Roller bremst viel zu stark ab, einen Moment kann er sich noch halten, dann stellt er sich quer und verabschiedet sich noch während der Fahrt von seinem Steuermann. Der rutscht mir auf dem Hosenboden entgegen. Da brauche ich polizeitaktisch gar nicht groß tätig zu werden – das Bürschlein vor mir hat sich im wahrsten Sinne den Arsch aufgerissen. Dicke Tränen rollen über seine Backen. Sicherheitshalber bleibt er auf der Straße liegen. Aus Mitleid rufe ich den Krankenwagen und gleich danach die Polizeistation in Friedberg.

„Ich hab den Rollerdieb geschnappt", rufe ich froh dem Kollegen zu. „Leicht verletzt, aber in brauchbarem Zustand", ergänze ich. Stille.

„Hast du mich gehört?"

„Ähm, den Rollerdieb haben wir vor zehn Minuten in Wölfersheim geschnappt."

Ups, und wer liegt da vor mir?

Ich nehm jetzt erst mal das Protokoll auf. Strafe muss sein. Schließlich war das Bürschlein ja deutlich zu schnell unterwegs, und die Maschine, auch wenn es seine eigene ist, muss frisiert sein.

Danach gehe ich zur Silke. Ich mag mir gar nicht ausmalen, was ich morgen zu hören krieg. Aber nach ein paar Bier und einer Runde Flippern geht's mir wieder besser.

Mein Freund Jockel, mit dem ich schon in die Grundschule ging, lässt mich gewinnen. Das macht er sonst nie, aber er weiß, dass ich das heute brauche.

„Jockel", frag ich, „findest du das eigentlich gerecht, dass du keinen Job hast und ich bei meinem immer nur in die Scheiße greife?"

Ich guck ihn an, und er hat die Lippen fest zusammengepresst, als wolle er die Worte noch nicht rauslassen. Mit seiner Zunge drückt er gegen die Backen, als ob seine Worte sich einen anderen Weg suchen wollten.

„Die Frage der Gerechtigkeit ist nicht so einfach zu beantworten“, fängt er an. „‚Gerecht ist, was dem Menschen zusteht!‘, sagt Aristoteles. Was aber steht dem Menschen zu? Sagen wir mal, es gibt da eine total tolle und wertvolle Flöte. Wer soll sie bekommen? Der, der am besten spielen kann, oder der, der am meisten dafür bezahlt? Kriegen würde sie wohl der, der am meisten bezahlt, das würde jeder akzeptieren, weil sich niemand über die Alternativen Gedanken macht. Aristoteles gibt sich damit natürlich nicht zufrieden. Er fragt bei der Beurteilung der Gerechtigkeit nach dem Zweck, dem Telos, eines Dings. Welchem Zweck dient eine Flöte? Natürlich dem Flötenspiel. Folglich wäre es gerecht, die Flöte dem zu geben, der damit am besten spielen kann, und nicht dem, der sie in den Safe legt, weil er die Flöte als Wertanlage sieht und auf ihre Wertsteigerung hofft.

Was mich angeht, so ist mein Schicksal gerecht, weil ich mir das selbst so aussuche. Ich könnte nicht jeden Tag in ein Büro gehen und Akten bearbeiten. Und außer meinem Bier bei der Silke und ab und zu mal eine Frau habe ich keine besonderen Bedürfnisse. Meine Bücher hole ich mir aus der Leihbücherei in Friedberg.

Was dich angeht, musst du die Frage selbst beantworten. Aber so schlecht geht es dir doch auch nicht. Du hast einen Job, mit dem du nicht nur Rückschläge hast, sondern auch tolle Erfolge. Denk nur an den Bankräuber, den du im letzten Jahr geschnappt hast. Du siehst gut aus. Bist Ende dreißig und gehst noch für ein paar Jahre jünger durch. Die Haare noch ohne eine Spur von Grau, nur leichtes Übergewicht …“

„Lass gut sein, Jockel“, wehre ich ab, „sonst glaube ich das noch!“ Über solchen Gedanken trinken wir noch einige Biere. Ich kriege noch mit, dass die Silke und der Günni mich in den Benz schleppen und die Silke mich heimfährt und mit der Mutti ins Bett schafft.

2.

So gegen acht wache ich auf. In meinem Kopf klopft es, als würden irische Stepptänzer für die Weltmeisterschaft üben. Mein Hals ist trocken, und der Geschmack in meinem Mund lässt mich befürchten, dass es gestern nicht beim Bier geblieben ist. Der Gestank, der definitiv von mir ausgeht, lässt mich schwindeln, ich schaffe es gerade noch ins Klo, dann muss ich kotzen.

Nach einer langen Dusche und mehreren Aspirin, drei Tassen Kaffee und einem Frühstück von der Mutti laufe ich so gegen zehn in der Polizeidirektion ein. Ich hab vor, später mit der Biggi, der Sekretärin vom Chef, in die Kantine vom Landratsamt zu gehen, da ist donnerstags immer Schnitzeltag. Da wird aber nichts draus.

„Du kannst gleich wieder umdrehen!“, ruft mir Kriminalhauptkommissar Edgar Schwatz zu. „Bei dir im Wald liegt ein toter Radfahrer! Den musst du jetzt übernehmen, wir haben hier alle Hände voll zu tun.“

Na bravo, denke ich, der liegt doch auch noch nachher da, wenn ich mit der Biggi zurückkomme. Aber da ist der Schwatz ziemlich konsequent, der lässt nichts durchgehen.

Also setze ich mich wieder in meinen 280er. An unserem Hausberg, dem Wannkopf, soll er liegen, direkt hinter den Fischteichen. Die Gegend kenn ich gut. Als ich meine Joggingphase hatte, bin ich da öfter den Berg raufgerannt. Da hatten so ein paar Mountainbiker eine Bahn für sich gebaut, mit einer irren Sprungschanze. Nie im Leben wäre ich so ne Strecke gefahren, da hat sich schon manch einer die Knochen lädiert. Gestorben ist aber bislang keiner.

Unten am Waldrand ist schwer was los. Jede Menge Gaffer gammeln da rum, und auch der Christian Schwiers, Journalist vom Kreisanzeiger, steht schon mit seinem Fotoapparat bereit. Ich nehme den Zeitungsmann gleich ins Schlepptau, damit er auch die Bilder für das Protokoll machen kann. Hilfspolizist Florian Jung hebt für uns das rot-weiße Absperrband, und wir laufen die paar Meter. Unterhalb der Rampe sehe ich die Bescherung. Was für eine Sauerei! Mir dreht sich der Magen um, und auch der Schwiers, der schon allerhand gesehen hat, hält sich die Hand vor den Mund. Vor uns liegen ein verbogenes Mountainbike und der dazugehörige Radler. Aufgespießt von einem Holzpfahl direkt unterhalb der Sprungschanze.

Ich ruf in Friedberg bei der Polizeidirektion an. Vielleicht kann die Spurensicherung irgendwas mit dem Pfahl anfangen. Für den Radler kann man definitiv nichts tun, den hat es echt zerbröselt.

Ich hole mir die Handschuhe aus dem Benz und schau nach, ob der Tote Papiere bei sich hat.

Große Hoffnung habe ich nicht, wer hat schon seinen Perso dabei, wenn er auf Radtour geht. Ich persönlich finde ja, dass jeder seinen Ausweis immer dabei haben sollte. Dann fällt eine Identifizierung in Fällen wie diesem hier leichter.

Die Suche in der Sporthose ist wie erwartet negativ. Eine Flasche Wasser, ein Handtuch und einen Schlüssel finde ich in der Fahrradtasche; dazu einen Apfel. In den beiß ich gleich rein, weil: Ich habe einen mordsmäßigen Hunger, und als Beweismittel brauchen wir den ja auch nicht mehr, wir sind ja nicht bei Schneewittchen und den sieben Zwergen.

Das Gesicht des Toten liegt voll im Waldboden, fast so, als wäre ringsum noch ein wenig Laub aufgehäufelt worden. Deshalb will ich da lieber die Kollegen mit ihren weißen Anzügen ranlassen, wenn sie kommen.

Ich geh wieder vor zur Absperrung, um dort für Ordnung zu sorgen. Der Ortssheriff hat die Lage nicht mehr im Griff. Kein Wunder, da treiben sich jetzt mehr Leute rum als beim Heimspiel des SV am Sonntag. Das halbe Dorf steht hier und dazu noch jede Menge auswärtiges Geschmeiß.

„Warum seid ihr nicht auf der Arbeit oder auf dem Acker, habt ihr nix zu tun?“, ruf ich in die Runde. Betretenes Schweigen und Scharren mit den Füßen. Die Menge kommt Zentimeter für Zentimeter näher und drängt gegen das Absperrband. Ich schieb die jetzt unsanft zurück und schrei ein bisschen rum. Da sehe ich den blauen Lieferwagen unseres geliebten hessischen Fernsehsenders. Ich fass es nicht, die Typen vom Hessenfernsehen sind eher da als unsere Spurensicherung. Ich ruf schnell unseren Pressesprecher an, den Goldt, der soll sich mit den sensationshungrigen Pressefritzen rumschlagen.

Was für einen Scheißjob diese Leute doch haben. Schneller, höher, weiter heißt bei denen: Blutiger, brutaler, fieser muss es zugehen, damit die werte Zuschauerschaft auch ordentlich unterhalten wird.

„Wer hat hier die Verantwortung?“, schnarrt der Typ aus dem Sendewagen über die Meute hinweg. Eine Kamera, ein Mikrofon und eine gewichtige Miene öffnen eine Gasse für die Leute vom heimischen TV. Ich stell mich ihm in den Weg.

„Menner, Hessenschau“, stellt er sich schreiend vor, dabei höre ich doch noch ganz einwandfrei. „Unsere Zuschauer und die Öffentlichkeit haben ein Recht darauf zu erfahren, was hier passiert ist.“

Die Kamera ist direkt auf mich gerichtet. Jetzt heißt es, ein gutes Bild machen. Man sollte nicht glauben, wer so was später alles sieht und wie oft man darauf angesprochen wird. Als wir die Bankräuber im letzten Jahr geschnappt hatten, da habe ich bei der Vorführung in der Polizeistation im Hintergrund mit dem Kollegen Hortmann aus Friedberg gewitzelt. Der halbe Ort hat mich später gefragt, ob ich denn mit der Festnahme irgendwas zu tun gehabt hätte. Dabei habe ich der Bande ganz allein, na ja, zusammen mit dem Jockel, das Handwerk gelegt. Die Mutti war ganz frustriert, weil sie doch gehofft hat, dass ich durch den Fall zum Dorfhelden werde.

Ich sag also: „Tut mir leid, zum gegenwärtigen Zeitpunkt kann ich keinerlei Aussagen zum Tathergang machen, wenden Sie sich bitte an unsere Pressestelle und lassen Sie mich jetzt bitte wieder meine Arbeit machen."

Dann dreh ich mich um und schiebe ein paar Leute zurück, die immer näher zum Tatort drängen. Mit ihren Handys machen die Fotos vom Waldrand, der heute noch genauso aussieht wie gestern und wie er morgen aussehen wird. Nur dass da im Wald jetzt eine aufgespießte Leiche liegt, von der keiner weiß, wer es ist.

Nach einer halben Ewigkeit treffen gleichzeitig die Spurensicherung und der Pathologe ein. Zusammen mit dem Hipo mach ich kurz die Absperrung auf, damit die Spezialisten bis hoch zum Fundort der Leiche fahren können.

„Das kann dauern, bis wir den von seinem Haken befreien. Die Spurensicherung braucht mindestens bis heute Abend, bestell doch schon mal die Beleuchtung bei der Feuerwehr", sagt der Thomas Werner, ein erfahrener Mann aus der Spurensicherung der Polizeidirektion.

Froh, bei dieser blutigen Arbeit nicht dabei sein zu müssen, mach ich mich wieder auf den Weg zur Absperrung. Da habe ich schon einige Feuerwehrleute gesehen. Ich wink die Kollegen zu mir und bestell den Einsatzwagen für den frühen Abend. Mittlerweile sind auch noch die Leute von RTL und ein paar überregionalen Zeitungen da. Die fragen sicher die Leute, wie es ist, wenn da ein Toter im Wald liegt und man nicht gucken gehen darf.

Etwas abseits, am Waldrand, steht ein etwa 60 Jahre alter Mann mit einem Schäferhund. Er hat den Toten gefunden, das hab ich vom Ortssheriff erfahren. Ich geh zu ihm hin, ich kenne ihn vom Sehen, aber den Namen weiß ich nicht.

„Kriminalkommissar Wetz, Polizeidirektion Friedberg!", stelle ich mich vor. „Sie haben den Toten gefunden?"

„Ja, ich bin noch ganz aufgeregt!“

„Das glaube ich Ihnen, wie war noch mal Ihr Name?“

„Spengler, Oswald mit Vornamen.“

„Wann haben Sie den Toten gefunden?“, will ich wissen.

„Das war so kurz nach acht. Seit ich in Rente bin, gehe ich nicht mehr so früh. Und der Rex“, er zeigt auf seinen Hund, „ist ja auch nicht mehr der Jüngste, der schläft auch gerne ein bisschen länger.“

„Laufen Sie immer diese Strecke?“

„Ja, nein, also ich bin da ja nur hin, weil der Rex so aufgeregt war. Das ist er sonst nie.“ Der Hund schaut ihn mit treuherzigen Augen an, als er seinen Namen hört.

„Der Hund hat gebellt?“

„Nein, normalerweise bleibt der ja bei Fuß, aber plötzlich ist er losgerannt, kam wieder zurück, ist wieder losgerannt …“

„Ja und weiter?“

„Na ja, er hatte eine blutverschmierte Schnauze und auch ganz blutige Pfoten. Zuerst habe ich Angst gekriegt, er wäre irgendwo reingetreten, in eine Glasscheibe oder so!“

Jetzt würde ich ihn am liebsten fragen, ob er erleichtert war, dass es nur ein Toter war. Stattdessen wiederhole ich nur: „Eine blutige Schnauze?“

„Ja, da wollte ich natürlich wissen, was los ist, denn der Hund hatte sich ja augenscheinlich nichts getan. Ich bin dem Rex also hinterher, die Stelle, an der der Tote liegt, ist ja vom Waldweg nicht einzusehen. Und da lag er dann!“

„Gut“, sag ich, „und dann haben Sie sich überzeugt, dass der Mensch da am Boden nicht mehr am Leben ist?“

„Ja, nein. Ich habe gleich gesehen, dass da nichts mehr zu machen ist. Da war ja eine ungeheure Menge Blut. Ich bin ja richtig durch einen Blutmatsch gewatet. Das kann man nicht überleben. Ich habe dennoch nach seiner Hand gefasst, die war aber schon eiskalt.“

„Und dann haben Sie die Polizei gerufen?“

„Nein, ich hatte kein Handy dabei. Ich bin erst heim und habe einen Schnaps getrunken. Dann hat meine Frau angerufen. Ich war zu aufgeregt, ich konnte nicht mal den Telefonhörer halten.“

„Der Anruf ging bei uns um 9:55 Uhr ein. Was haben Sie in der Zwischenzeit gemacht?“

„Wie gesagt, ich war sehr aufgeregt, und meine Frau hat dann auch so … na, sie hat mir eben nicht geglaubt und dann ist sie selbst mit dem Rad noch mal hierher gefahren und dann haben wir zusammen die Polizei angerufen.“

„Und zwischendurch haben Sie noch einen Kaffee getrunken?“

„Nein, aber beim Heimfahren hatte ich noch am Kiosk gehalten und mir einen Schnaps gekauft, mir war so flau im Magen. Und es ist von hier zu mir nach Hause schon ein ganzes Stück.“

Hier ist nichts mehr weiter rauszukriegen. Ich verabschiede mich und sage ihm, dass wir seine Aussage protokollieren müssen. Er soll noch mal nach Friedberg in die Polizeidirektion kommen.

Die drei Kollegen von der Spurensicherung wenden jedes Blatt am Fundort um, während der Pfahl wohl schon ausgewertet ist. Der Kollege ist tatsächlich mit der Kettensäge dabei, den Pfahl knapp über dem Rücken des Toten zu durchtrennen.

„Wir haben erst versucht, den Pfahl aus der Erde zu ziehen, das kannste vergessen“, ruft mir Werner zu.

Zu dritt heben sie dann die Leiche vom Pfahl, schön schaut das nicht aus, aber es hilft bei der Identifizierung, denn da vor uns liegt niemand anderes als Malte Reiffenberg, die Obernervensäge im Ort.

Der Reiffenberg hatte immer was zu meckern: Mal wurde zum falschen Zeitpunkt die Hecke geschnitten, dann wurden die Obstbäume gar nicht oder falsch geschnitten, dann haben die Besitzer der alten Häuser die Löcher in den Dachböden verschlossen, und die Fledermäuse verloren ihre Heimat. Am schlimmsten war der Reiffenberg aber, wenn es um Windräder ging, dann sah der echt rot. In der letzten Zeit hat er total rotgesehen, weil bei uns nämlich direkt auf dem Hausberg eine solche Anlage geplant ist.

Der Pathologe sagt zu mir in einem Singsang, der jegliche persönliche Beteiligung bei dieser unschönen Sache gar nicht erst aufkommen lässt: „Todeszeitpunkt: heute Morgen gegen sieben, halb acht. Todesursache – muss man nicht viel sagen: Eindringen eines massiven Holzpfahls in den unteren Brustkorb. Dabei Verletzung des rechten Lungenflügels. So wie das aussieht, hat der Pfahl die Aorta, das ist die große Bauchschlagader, erwischt. Die ist ungefähr drei Zentimeter dick", der Mediziner zeigt den Abstand zwischen Daumen und Zeigefinger. „Da läufst du regelrecht aus. Das Herz versucht dann, den Druckverlust durch stärkeres Schlagen auszugleichen. Das erhöht den Blutverlust natürlich noch erheblich. Eine knappe Minute wird er noch gelebt haben. Der Pfahl in Bauch und Brust verursacht vermutlich starke, brennende Schmerzen. Vielleicht hat er sich deshalb so in die Erde verkrallt. Auf jeden Fall ist ihm noch einer mit kräftigen Schuhen auf die linke Hand getreten. Sind aber keine verwertbaren Spuren. Da hat einer gewartet, bis der Reiffenberg, oder wem auch immer diese Falle gegolten hat, seinen letzten Sprung gemacht hat. Wenn du mich fragst, dann war das definitiv kein Unfall.

Übrigens: So ganz todsicher ist die Methode nicht. Man kann durchaus mit so einem Pfahl im Bauch überleben, so einen Fall hatten wir schon mal vor ein paar Jahren. Aber nicht, wenn die Aorta betroffen ist, dann gibt es keine Chance. Das war es in Kürze, den genauen Bericht gibt es morgen per Mail!"

Anschließend fahr ich in die Wohnung vom Reiffenberg. Sie liegt am westlichen Dorfrand, dort, wo in den letzten Jahren gleich zwei Neubaugebiete entstanden sind. Die Straßen wirken menschenleer, entweder haben alle ihre Autos in den Garagen versteckt oder sie sind auf der Arbeit oder sonst wo.

Die Wohnung vom Reiffenberg liegt im Erdgeschoss eines Dreifamilienhauses. Wie zu erwarten, reagiert niemand auf mein Klingeln. Aber der Schlüssel aus der Fahrradtasche passt.

In der Wohnung sieht es aus wie in diesen Architekturzeitschriften, die bei meinem Zahnarzt herumliegen. Überwiegend weiß, helle Fliesen im Küchenbereich, sonst helles Laminat. Aus dem Fenster hat man einen schönen Blick auf die Ausläufer des Vogelsbergs. Auf der kleinen Terrasse stehen ein Tisch und vier Stühle; eine schwarze Gusseisenlaterne mit einer großen Kerze ist das Einzige, was man als Schmuck bezeichnen könnte.

Im Wohnzimmer ein niedriger Tisch, zu beiden Seiten eine mit hellem Stoff bezogene Couch. Der Fernseher klein, deutsches, sehr teures Fabrikat. Er ist an einen schwenkbaren Arm montiert, so kann er ziemlich aus dem Blickfeld genommen werden. Das unterstreicht bei manchen Intellektuellen, dass sie den Fernseher nur selten nutzen.

An das Wohnzimmer reiht sich eine Esszeile an, ein großer, weiß lackierter Tisch mit sechs weißen, lederbezogenen Freischwingern. Auf dem Tisch eine Vase mit drei bunten Stoffblumen.

Die Küchenzeile sieht etwas benutzter aus. Auf dem Herd stehen ein Topf mit einem Rest Nudeln und ein weiterer mit einem Klecks Pastasoße.

Ein Glas in der Spüle, aus dem wohl Orangensaft getrunken wurde, plus zwei Teller und zwei Bestecke, vermutlich vom gestrigen Abend.

Im Arbeitszimmer zwei Regale mit Büchern: Goethe, Schiller und andere Klassiker in Gesamtausgaben, dazu viele Ordner, ich vermute mal Unterrichtsmaterial. Der Reiffenberg war Lehrer in der Gesamtschule Konradsdorf bei Ortenberg.

An der freien Wand drei Poster. Eines fordert gentechnikfreie Landwirtschaft, eines von Attac und ein Greenpeaceposter gegen Atomkraft.

Die Schubladen geben nichts Besonderes preis. Die persönlichen Ordner mit Versicherungen und sonstigen privaten Sachen packe ich in die Kiste, die ich immer im Auto habe.

Ich schalte das Notebook ein. Glück gehabt, kein Passwort, der Mann war echt vertrauensselig. Ein erster Blick auf die E-Mails bringt ebenfalls nichts Erhellendes. Vor allem Werbung, eigentlich der gleiche Mist wie bei mir zu Hause. Werbung vom Hemdenanbieter, Facebook-Benachrichtigungen, ein Veranstalter von Studienreisen – gut, von dem kriege ich keine Werbung.

Einladung zu einer Lehrerkonferenz, ein paar Mails von Schülern mit Fragen zu den Hausaufgaben. Eine Mail wohl von der Familie: „Vergiss das Familientreffen am Sonntag nicht!" Das war bereits der letzte Sonntag. Katja Klein hat was zu den gesundheitlichen Auswirkungen von Windrädern auf Kleinkinder geschickt. Bei den gelöschten Mails gibt es jede Menge von einem Absender mit Namen „KeBe". Die meisten sind ganz kurz: „Ruf mich an, ich muss dich sprechen!", „Lass es uns noch mal versuchen!", „Warum meldest du dich nicht?" Fürs Erste nichts Aufregendes, ich nehme das Ding aber mit ins Büro, damit sich der Bastian, unser Computerfreak, daran austoben kann.

Der Schreibtisch vom Reiffenberg ist geradezu peinlich aufgeräumt. So sah mein Schreibtisch an meinem ersten Tag bei der Kripo aus. Am zweiten Tag war er schon nicht mehr wiederzuerkennen. Ich brauche dieses kreative Chaos, so ein leerer Schreibtisch würde mich völlig blockieren.

Im Schlafzimmer sieht es wieder etwas mehr nach Leben aus. Das Bett ist ungemacht, T-Shirt und Boxershorts liegen auf der Decke, der Schrank ist offen, eine Schublade herausgezogen. Da liegen die Sportsachen des Opfers drin.

Brieftasche und Portemonnaie, vierhundert Euro in bar, Kontoauszüge, er scheint nicht schlecht verdient zu haben. Ich packe die Sachen in die Kiste. Was auffällt, ist, dass nichts Auffallendes da ist. Kein Foto, nicht mal im Regal oder im Schrank ein Album, nichts.

Ich klingele noch an den anderen Wohnungstüren im Haus. Wie ich vermutet habe, ist keiner da. Drei Häuser weiter macht mir eine junge Frau mit einem Kleinkind auf der Hüfte die Tür auf. Der Name sagt ihr nichts, und als ich Reiffenberg beschreibe, kann sie auch nichts mit ihm anfangen. Sie wohne aber auch erst seit einem Jahr hier, vorher habe sie in Offenbach gelebt.

Ja, prima, da wohnt jemand zwölf Monate hier, 52 Wochenenden, an denen man sich hätte begegnen können. Und die Frau empfindet das als normal, dass sie den Nachbarn drei Türen weiter nicht kennt. Ist das die Zukunft im Dorf? Auf jeden Fall würde sich von denen keiner zum Günni verirren.

Wenn der tote Reiffenberg im alten Ortskern gewohnt hätte, dann wüsste ich jetzt, wer gestern mit ihm zu Abend gegessen hat, wann er gekommen ist und wann er wieder aus dem Haus ging. Ich wüsste, was und wo er einkauft und welche Hobbys er hat. Ob er laut oder leise Musik hört und welchen Musikstil. Hier am Dorfrand ist es aber fast so anonym wie in der Großstadt, vermutlich, weil hier überwiegend Großstädter wohnen. Die ziehen zu uns aufs Land wegen des ruhigen, idyllischen Lebens, der gesunden Luft und was weiß ich noch alles. Aber sie bringen ihre Gewohnheiten mit, zwei Autos, gehen zu Aldi und Co statt zum kleinen Kaufmann und haben ein Beschwerdepotenzial, das schon einsetzt, wenn der

Bauer am Sonntag Gülle ausfährt oder sein Feld bestellt. Dann wird gleich die Polizei angerufen.

3.

Dann fahre ich in die Schule und schaue, was ich da rauskriege. Der Rektor der Gesamtschule ist noch da. „Dr. Meindel", stellt er sich vor, als ich ihm meinen Ausweis zeige. Mir kommt es fast vor, als hätte er mich erwartet. Aber er zeigt sich erleichtert, als ich nach dem Reiffenberg frage.

„Ja, der Kollege Reiffenberg, sehr engagiert, sehr kompetent, beliebt bei Schülern und Kollegen. Übrigens ist er auch im Gymnasium in Büdingen tätig. Dorthin ist er für vier Wochenstunden Biologieunterricht abgeordnet."

„Offensichtlich doch nicht überall beliebt, denn er ist heute leider gewaltsam zu Tode gekommen!", sag ich.

Ich hab schon Leute betroffener gesehen, wenn sie vom Tod eines Kollegen gehört haben. Dr. Meindel scheint das nicht besonders unter die Haut zu gehen.

„Also", sage ich, „Sie müssen dem Reiffenberg kein Arbeitszeugnis ausstellen, ich brauche Informationen, die auf ein Motiv schließen lassen."

„Ja, wissen Sie, wir sind ein großes Kollegium, wir haben weit über tausend Schüler hier an der Gesamtschule, mehr als 100 Lehrer, da kann man auch nicht jeden so genau kennen. Ich hatte mit dem jungen Kollegen wenig zu tun. Fragen Sie doch mal die Frau Singer, die ist Fachbereichsleiterin und kennt, äh, kannte den Reiffenberg ganz gut."

Drei Zimmer weiter finde ich eine gut aussehende Mittvierzigerin. Die ist nicht so eiskalt wie ihr Chef, der Tod des Kollegen geht ihr sichtbar nahe. Aber vielleicht ist es auch nur die Tatsache des Todes selbst, des plötzlichen Endes, die ihr so in die Glieder fährt. Am Reiffenberg selbst lässt sie nicht viel Gutes.

„Der Reiffenberg, na ja, ich will Ihnen das gleich sagen, Sie werden es sowieso rausfinden, der war so eine schillernde

Figur hier an der Schule. Sah gut aus, total sportlicher Typ, ein Ass im Radsport, vor allem ein begeisterter Mountainbiker. Als Lehrer ziemlich zynisch."

„Was meinen Sie mit zynisch?", will ich wissen.

„Verstehen Sie mich nicht falsch, viele von uns kommen mit großen Erwartungen in den Schuldienst. Die Jugend erziehen, es besser machen als unsere Lehrer. Aber irgendwann ist man auf dem Boden der Tatsachen. Wussten Sie, dass die Zahl der Alkoholiker unter den Lehrern weitaus höher ist als im Schnitt der Bevölkerung? Manche ziehen sich frustriert zurück, andere werden zynisch, das ist vielleicht die schlimmste Reaktion, und bei Reiffenberg kam das verdammt früh, der ist doch grad erst dreißig geworden. In Diskussionen im Biologieunterricht hat er nicht viel anderes als seine eigenen Ansichten gelten lassen. Wir hatten da mal so einen Skandal mit streng religiösen Eltern. Nein, keine Muslime, das war so eine christliche Sekte, die haben das Alte Testament mit der Genesis wörtlich genommen, und die Tochter hat das auch ganz ernsthaft im Unterricht vertreten. Reiffenberg hat die regelrecht vorgeführt, bis sie weinend aus der Schule gelaufen ist. Sie hat sich dann auch abgemeldet. Die Eltern waren stinksauer und haben Drohbriefe geschrieben. Das ist jetzt gut ein halbes Jahr her. Privat weiß ich, dass er sich sehr für den Umweltschutz eingesetzt hat. Ich glaube, der hat sogar so eine Naturschutzgruppe in seinem Dorf gegründet, womöglich, weil die da auch so ein großes Windrad planen."

„Wissen Sie, ob Reiffenberg mit jemandem zusammen war?"

Die Singer überlegt.

„Aktuell glaube ich nicht. Bis vor drei Monaten war Reiffenberg mit einer Kollegin liiert, Kerstin Berg. Ich glaub, die wohnt jetzt in Ortenberg, nachdem sie bei Reiffenberg ausgezogen ist. Das kann ich aber schnell nachschauen."

Sie gibt mir einen Zettel mit der Adresse und schiebt sich eine Strähne hinters Ohr. Am liebsten würde ich sie gleich zum Kaffee einladen. Der Ring an ihrer rechten Hand zeigt mir aber, dass das wohl aussichtslos ist.

Von der Gesamtschule nach Ortenberg sind es gut zehn Minuten, fünf, wenn nicht die Blitzer wären. Jedes Kaff hat diese Dinger aufgestellt, und den hier habe ich persönlich eingeweiht. Ich bin dermaßen erschrocken, dass ich beinahe eine Oma umgefahren hätte, die am Straßenrand stand. Dabei sollen die Dinger doch den Verkehr sicherer machen.

In Ortenberg parke ich meinen Benz auf dem großen Parkplatz unterhalb der Altstadt. Ich komme gerne hierher. In der Altstadt gibt es ein kleines Veranstaltungslokal, wo der Schauspieler Frank Holstein ein tolles Kleinkunstprogramm zusammenstellt. Dazu gibt es gutes Bier und tolle Musik. Leider ziehen viele junge Leute aus der Altstadt weg und bauen sich ihr Häuschen am Stadtrand im Neubaugebiet. Immer mehr Wohnungen stehen leer. Weniger Mieter heißt weniger Kunden für die Geschäfte, und so machen die auch dicht. Ein Teufelskreis.

Kerstin Berg hat sich aber hier direkt unterhalb des Schlosses eine schöne Wohnung gemietet. Sie öffnet schon nach dem ersten Klingeln. Ich steh ziemlich doof da und glotze sie an wie der Bulle die Kuh. Da steht ein Törtchen vor mir mit allem Drum und Dran. Blonde Locken, strahlend blaue Augen und ein braun gebrannter Körper, der viel Sport macht. Sie ist total verschwitzt, was sie noch anziehender macht.

Ich zücke meinen Ausweis.

„Da haben Sie aber Glück", sagt sie etwas außer Atem, „ich bin gerade vom Joggen gekommen. Ich habe heute die kurze Runde genommen, sonst wäre ich jetzt noch eine Dreiviertelstunde unterwegs. Wollen Sie einen Kaffee oder Wasser? Ich geh nur kurz unter die Dusche, es dauert nicht lange."

Während Kerstin Berg duscht, schau ich mich ein wenig um. An den Wänden hängen Ölbilder, man kann nichts Genaues erkennen, aber es sind schöne, harmonische Farben. Vermutlich selbst gemalt, zumindest schließe ich das aus dem „KeBe“ an der rechten unteren Ecke. Also tatsächlich die Verflossene, die die schmachtenden E-Mails schreibt. Ein paar Fotos, Kerstin Berg im Kreis anderer junger Frauen, Kerstin Berg bei irgendeinem Sportereignis, Kerstin Berg vor Pyramiden, vor dem Tadsch Mahal, dem Ayers Rock und dem Empire State Building. Ja, die Frau hat in jungen Jahren schon alle Kontinente bereist. Ein Bild von ihr mit dem alten oder einem neuen Freund fehlt allerdings. Es bleibt auch keine Zeit mehr, Bilder zu schauen. Jetzt steht sie vor mir, frisch geduscht mit kurzer Sporthose und einem weißen T-Shirt. Sie trägt keinen BH, und das Shirt ist nicht ganz blickdicht. Mit kommt der Verdacht, dass es nicht ganz zufällig ausgesucht wurde. Ich sehe für meine 37 Jahre noch ganz vorzeigbar aus, bilde ich mir ein. Silke sagte letzthin zu mir, ich hätte die Haut eines 36-Jährigen. Egal, diese Frau spielt ganz eindeutig in einer anderen Liga. Ohne meine Polizeimarke würde die mich nicht mal mit ihrem zugegebenermaßen schönen Arsch anschauen.

„Frau Berg“, fange ich ganz förmlich an und versuche, in ihr Gesicht und nicht auf ihre Brüste zu schauen, „es tut mir leid, Ihnen sagen zu müssen, dass Ihr Freund, also, dass Malte Reiffenberg nicht mehr am Leben ist.“

Sie schaut mich mit großen Augen an. „Aber ich habe Malte doch noch gestern gesehen. Im Lehrerzimmer. Wir sind jetzt seit drei Monaten nicht mehr zusammen. Wie ist es denn passiert? War es ein Unfall?“

„Ja, das kann man in gewisser Weise sagen, aber da hat einer kräftig nachgeholfen.“

„Was?“ Sie beißt jetzt in ihre rechte Faust, und ich meine, die Szene so schon mal im Fernsehen gesehen zu haben.

„Wer tut denn so etwas, ich meine, der Malte war kein Typ mit vielen Freunden, aber ...“

„Was war er denn für ein Typ?“

„Malte hat sein Ding durchgezogen. Was andere dachten, war ihm egal.“

Toll, wie schnell die Kleine auch sprachlich realisiert, dass ihr Verflossener auf tragische Weise ums Leben kam.

„Können Sie sich vorstellen“, frage ich, „wer ihm nach dem Leben trachten konnte?“ Hab ich das jetzt wirklich gesagt, will ich der studierten Tussi imponieren? „Wer hatte ein Interesse an Reiffenbergs Tod?“, ziehe ich nach.

„Da ist so eine Geschichte mit einem Mädchen, das Malte geschwängert hat. Die Familie fand das natürlich nicht so toll, vor allem, weil Malte, na ja, von Verantwortung nichts wissen wollte. Die Affäre mit dem Mädchen war letztlich der Grund, warum wir nicht mehr zusammen sind. Obwohl, es war auch schon lange nicht mehr so toll.“

„Wie lange waren Sie zusammen?“

„Dreieinhalb Jahre, aber der Malte, na ja, der hatte so was, ich weiß nicht, wie ich es ausdrücken soll. Rechthaberisch ist nicht der richtige Ausdruck, weil er ja fast immer recht hatte. Er hat halt anderes und andere, die nicht seiner Meinung waren, nicht gelten lassen. Was er machte, war richtig, was anderes gab es einfach nicht. Das war in Diskussionen so, im Sport und selbst beim, na, Sie wissen schon.“

Ich kann es mir vorstellen und denke, dass ich mich im Bett mit Kerstin Berg auf so ziemlich alles einstellen könnte, was sie mir vorschlägt. Sagen aber tue ich: „Und wie war Ihr Verhältnis seit Ihrer Trennung?“

„Sehr zurückhaltend. Eine Freundschaft zu ihm aufzubauen, konnte ich mir nicht vorstellen. Um die Wahrheit zu sagen, irgendwie war ich auch froh, dass es vorbei war. Im Lehrerzimmer haben wir uns dann gegrüßt, das war's!“

„Sie haben ihm aber noch immer regelmäßig Mails geschickt!", hake ich nach.

„Ja, es gab da noch einiges zu klären, der Malte hat auf die Mails aber nicht reagiert!"

„Wissen Sie, warum?"

„Nein, keine Ahnung!"

„Ja, das war's dann auch erst mal von mir. Vielleicht komme ich noch mal vorbei, wenn ich weitere Fragen habe."

Ich bin schon an der Tür und drehe mich noch mal um. „Eine Frage noch: Hatte Malte Reiffenberg Freunde?"

Jetzt sieht sie ganz ratlos aus.

„Malte Reiffenberg hatte keine Freunde. Freundschaft ist ja eine gegenseitige Beziehung auf Augenhöhe. Dazu war Malte gar nicht fähig. Malte hatte Bewunderer, aber Freunde, nein, Freunde hatte er nicht!"

Auf dem Weg zum Parkplatz hole ich mir beim Bäcker noch ein Nusshörnchen, dann ruf ich den Jockel an, um echte Freundschaft zu spüren.

Später laufen wir am Ried entlang, einem der größten Auengebiete in ganz Hessen, Heimat und Rastplatz für viele seltene Wasservögel. Jetzt im Herbst sammeln sich hier Massen von Zugvögeln auf dem Weg in den Süden. Deshalb sind hier auch jede Menge Birdwatcher, Vogelbeobachter. Mit ihren Ferngläsern stehen sie Seit an Seit auf der Aussichtsplattform und notieren, was sie so alles sehen. Ich freue mich, dass es wieder so viele Störche gibt. Mutti hat oft von ihrer Kindheit erzählt und dass es da so viele Störche gab. Ich habe letztens in der Kreishaus-Kantine mit einem Kollegen von der Naturschutzbehörde darüber gesprochen. Der sagte mir, wahrscheinlich habe es bei uns noch nie so viele Störche wie jetzt gegeben.

Der Jockel hat einen großen, schwarzen Hund dabei. „Das ist ein Hovawart, das ist der, der den Hof verwahrt", reimt er.

Den Rassehund führt er für Frau Finkernagel aus. So verdient er sich ein paar Euro. Die alte Finkernagel ist schon über neunzig. In Echzell geboren, ist sie als Jüdin mit ihren Eltern in den Dreißigerjahren nach der Pogromnacht ausgewandert. Mit über siebzig kam sie zurück nach Deutschland und hat ihr Elternhaus in Echzell wieder zurückgekauft. Sie hatte so Sehnsucht nach ihrer alten Heimat, hat sie damals gesagt. Heute ist sie das personifizierte schlechte Gewissen für all jene, die damals bei den Nazis mitgemacht haben.

Die alte Finkernagel hat einen Narren an dem Jockel gefressen. Bestimmt auch deshalb, weil er gut mit ihrem Akki umgehen kann. Der Riesenhund beißt gern mal zu, der braucht eine starke Hand. Außerdem hat Jockel so eine Aktion gestartet: Stolpersteine setzen für die Juden, die hier früher gelebt haben und von den Nazis umgebracht oder vertrieben wurden.

„Da hat der Reiffenberg", erzählt der Jockel, „am Anfang auch mitgemacht. Der war aber so verbiestert, der wollte keine Stolpersteine, sondern Stolperberge. Wenn's nach dem gegangen wäre, wären wir alle heute noch persönlich verantwortlich für die Morde der Nazis. ‚Wir sind für die Taten unserer Eltern und Großeltern verdammt noch mal verantwortlich!', sagte der, ‚und unsere Kinder und Enkel auch.'

Wir haben lange diskutiert, irgendwann hat er entnervt aufgegeben und uns beschimpft, wir wären auch nicht besser. Ich meine, ich bin doch nicht verantwortlich für die Taten meines Großvaters! Der war übrigens Sozialdemokrat und wurde bei einer Saalschlacht im Nachbardorf von einem organisierten Nazimob halb totgeschlagen. Der Billi, der als GI nach dem Dienst bei der Army bei uns in Echzell blieb, ist doch auch nicht verantwortlich für den Mord an den Indianern oder die heute lebenden Australier und Neuseeländer für die Morde an Aborigines und Maoris. Aber wir tragen Verantwortung, dass sich so was bei uns nicht wiederholt, dass die Taten nicht vergessen werden und dass wir denen die Rote Karte zeigen, die mit den alten Parolen kommen. Dem Reiffenberg war das nie genug, der wollte am liebsten die Typen aus dem rechten Tätowierstudio aus dem Dorf prügeln. Dann wäre er doch auch nicht besser als die, die er zu bekämpfen glaubt.“ Der Jockel hat sich richtig in Rage geredet.

Die Herbstsonne scheint, und der Himmel hat diese blaugrüne Färbung, die ich so mag. Auf dem Wasser schwimmen unzählige Enten und Gänse. Der selten gewordene Kiebitz zeigt sich mit seinem seltsamen, auf und ab schwingenden Flugbild. Der Storch gleitet über den See und landet elegant auf seinem Horst. Eine friedliche Stille liegt über dieser Landschaft. Hier fühle ich mich zu Hause, ich bin kein Stück neidisch auf die Weltreisen von der Frau Berg.

Der Jockel reißt mich aus meinen Gedanken. „Die Silke hat mich vorhin gefragt, wie es dir geht, die macht sich echt Sorgen. Du warst aber auch ziemlich abgefüllt gestern Abend. Ach, die Silke, wenn sie sich nur entscheiden könnte zwischen uns beiden!“, sagt der Jockel und lacht.

„Ja, wenn“, geb ich ganz ernst zurück, auch wenn ich weiß, dass Jockel nichts von der Silke will.

„Sehen wir uns nachher beim Günni?“

„Logo!“, sag ich und geh heim. Ich hab nämlich einen Mordshunger.

Zu Hause beschallen die Wiener Philharmoniker mit Brahms 2. Symphonie die halbe Häuserzeile. Mutti und Tante Jutta sind in der Küche aktiv und verständigen sich mit einer Zeichensprache. Das sieht komisch aus, aber ich weiß, dass das Ergebnis ihrer Kunst ganz wunderbar wird.

„Was gibt es denn?“, schrei ich, um die Geigen, Bratschen, Trompeten, Posaunen und Waldhörner zu übertönen.

„Lass dich überraschen“, schreit die Mutti zurück, und die Tante Jutta zwinkert mir zu, „es gibt einen tollen Nachtisch!“

Davon bin ich überzeugt und gehe in den ersten Stock, in meine Wohnung. Vorher mache ich noch einen kleinen Umweg über das Wohnzimmer und drehe die Lautstärke zurück, damit das Verhältnis zu den Nachbarn nicht völlig zerrüttet wird. Die Damen meckern zwar, fügen sich aber der beamteten Obrigkeit.

Bei mir oben nutze ich hauptsächlich das Schlafzimmer. Die Küche nur, wenn ich mal wieder mit jemandem zusammen bin. Ich hau mich mit der Fernbedienung aufs Bett und höre jetzt Bryan Adams, „I will always return!". So geht es mir auch. Immer, wenn ich ein paar Tage weg bin, dann will ich zurück. Nicht, weil es hier so viel schöner wäre als woanders. Es ist irgendwie das alles zusammen, die Landschaft, die Sprache, die Menschen, die Freunde, die Kneipe, die Kollegen. Eben das, was Heimat ausmacht. Da kannst du mir mit Palmen oder einsamen Buchten kommen, mit exotischen Köstlichkeiten und scharfen Schönheiten. Das interessiert mich nur kurz, und dann will ich das, was ich kenne und was mich kennt. Ich glaub, da bin ich ziemlich konservativ.

Unten ruft die Mutti: „Essen ist fertig!" Da lasse ich mich nicht zweimal rufen. Wer einmal bei ihr gegessen hat, der weiß, wovon ich rede.

Im Esszimmer werde ich unsanft aus meiner Euphorie gerissen. Das, was da auf dem Tisch steht, sieht etwas komisch aus.

„Issn des?", verfalle ich in meinen Dialekt.

„Ei, Hesse-Tabbas, mein Bub!", gibt die Mutti ebenso hessisch zurück.

„Mir habbemol des neue Kochbuch ausbrobiert!", ergänzt die Tante, und ich komme mir vor wie beim Blauen Bock, nur der Heinz Schenk fehlt.

„Oje, ich habe mich so auf ein schönes Abendessen gefreut, und ihr macht Experimente, und das nach so einem Tag!", lamentiere ich.

„Jetzt probier doch mal“, drängt mich die Mutti, und so schlecht sieht es ja auch nicht aus.

„Ungewohnt“, sage ich diplomatisch. „Müsste ich aber auch nicht jeden Tag haben“, kommt dann mein grundehrlicher Zug noch durch.

Es gibt einen Ahle-Worscht-Salat, Schmandmöhren und ein Kräutersüppchen und danach hessische Gnocchis, das hört sich bei Mutti an wie „Gnotschies“, mit warmer Leber- und Blutwurst. Vom Echzeller Tiramisu, Biskuitboden mit Apfelbrei und Sahne, kann ich leider nur noch wenig essen, sonst platze ich.

Am Abend sitz ich mit Jockel an der Theke. Der fängt gleich an, übers Pfählen zu dozieren. Dabei macht er diese merkwürdigen Kaubewegungen, das ist mir jetzt aber egal, weil: Ich will wissen, wer Menschen so um die Ecke bringt und warum.

„Bei den Babyloniern und auch bei den Assyrern wurden Frauen gepfählt, wenn sie ihren Mann betrogen hatten oder ihr Kind abtrieben. Auch Rebellen, heute würde man sagen Regierungskritiker, haben die Assyrer gern mal gepfählt. Im Mittelalter hat man auch in unseren Breiten diese Art der Folter vollzogen. Spaßvögel nannten das ‚Reiten auf dem einbeinigen Ross‘. Besonders grausam war man in Osteuropa. Da hat man den Opfern einen eingefetteten und abgerundeten Holzstab in den Hintern geschoben und dann die Verurteilten aufrecht auf den Stab gesetzt. Der ist dann langsam ...“

„Oh Mann, mir wird ganz schlecht“, sag ich und will gar nichts mehr hören.

Der Reiffenberg war kein angenehmer Typ, als Bio- und Sportlehrer hatte der sicher eine ganze Reihe von Feinden in der Schülerschaft. Aber so was, das ist kein Schülerscherz.

4.

Am nächsten Tag fahre ich gar nicht erst in die Polizeidirektion, sondern gleich nach Frankfurt zu den Eltern von Malte Reiffenberg. Ich fahr nicht gerne nach Frankfurt. Die Stadt ist mir zu groß, zu wuchtig, zu mächtig, die Häuser, die Straßen. Der absolute Horror sind für mich die Geschäfte. Ich hatte mal eine Freundin, die ist furchtbar gern shoppen gegangen. Einmal bin ich mit ihr auf die Zeil. Das vergesse ich mein Leben nicht. Irgendwie liegt das vielleicht in den männlichen Genen, die sind nicht dafür gemacht, stundenlang auf die Suche nach Handtaschen, Blusen oder Schuhen zu gehen. Der Jockel sagt, das ist bei den Frauen so ein Überbleibsel aus der Steinzeit, als sie Beeren und Nüsse für die Sippe gesammelt haben. Da hat man Ausdauer gebraucht und ist von Strauch zu Strauch, von Baum zu Baum gelaufen. Wir Männer haben derweil das Mammut erlegt. Wenn unser Speer nicht getroffen hat, ist das Mammut abgehauen, und wir sind heim und haben uns vegetarisch ernährt. So ist das bei mir heute noch beim Einkaufen. Ich gucke in einem Geschäft, wenn ich eine Hose brauche. Haben die eine, die mir gefällt und passt, dann nehme ich sie und lauf nicht noch in andere Geschäfte, um zu vergleichen.

Was ich überhaupt nicht verstehe, ist die Fantasie, die Frauen haben können, wenn es um Klamotten geht. Die Silke und ihre Freundin Karin haben sich letztens unterhalten, weil die Karin zu einer Hochzeit musste. Sie wollte zu einer bestimmten Bluse einen schicken Rock haben. Die Bluse ist, sagen wir mal, dunkelrot, und der Rock sollte braun sein. Die beiden konnten sich dann sogar vorstellen, wie das aussieht, wenn die Bluse blau ist und eine helle Jeans dazu getragen wird, und wie der graue Blazer dazu aussieht.

Im Frankfurter Westend bin ich bisher noch nie gewesen. Sandsteinvilla, schmiedeeiserner Zaun, römische oder griechische Figuren im Vorgarten und ein Messingschild, auf dem steht: „Reiffenberg Consulting“. Sieht ziemlich edel aus. Die Leute scheinen Kohle zu haben.

Glücklicherweise haben schon die Frankfurter Kollegen die schlimme Nachricht überbracht, sodass mir diese Aufgabe erspart bleibt. Ich klingele, und eine in Schwarz gekleidete Frau öffnet mir. Sie sieht verweint aus, ich tippe auf die Mutter. Ich zeige meinen Ausweis, und sie bittet mich herein.

„Frau Reiffenberg?“ Sie nickt. „Mein Beileid“, sage ich.

Das Wohnzimmer ist ein Riesenraum. Eine schwarze Ledereckgarnitur, zwei schwarze Ledersessel, ein großer Tisch mit Marmorplatte. Ein Flügel steht an der Wand, Noten auf dem Ständer, hier wird noch Hausmusik gemacht. Das große Fenster geht zum parkähnlichen Garten raus, mittendrin so eine Art Tempel, weiße Säulen, ein Tisch, vier Stühle. Wer da wohl sitzt, einen Kaffee nimmt und wer weiß was für Sachen ausheckt?

Frau Reiffenberg setzt sich in den Sessel, mit geradem Rücken. Die Knie fest zusammengepresst und zur Seite gedreht, sitzt sie da wie die Politikerinnen in der Tagesschau, wenn das Kamerateam gerade aufnimmt.

„Wie war Ihr Verhältnis zu Ihrem Sohn Malte?“, frage ich.

Sie überlegt ein wenig, dabei hat sie wahrscheinlich in den letzten Stunden an kaum etwas anderes gedacht. „Malte war mein Sohn, ich habe ihn geliebt, aber sein Verhältnis zur Familie war nicht einfach, es war, ja, es war gespalten!“, sagt sie schließlich. „Er wollte nichts mit der Firma zu tun haben, in der mein Mann und sein Bruder Linus arbeiten. Deshalb hat er Lehramt studiert, Sport und Biologie, damit hatte unsere Familie nie etwas zu tun. Er wollte auch aus Frankfurt raus, zurück aufs Land, am besten dahin, wo die Familie ursprünglich herkam. Sein Großvater, mein Vater, kam aus der Wetterau, müssen Sie wissen. Malte und sein Großvater Walther hatten ein tragisches Verhältnis. Als Kind hat Malte seinen Großvater vergöttert, irgendwann ist das dann umgeschlagen, und er wollte mit all dem hier“, ihre Hand macht eine ausschweifende Bewegung, „nichts mehr zu tun haben. Malte war einfach anders …“ Sie schlägt die Hände vors Gesicht. Ein Weinkrampf schüttelt sie, und ich lass ihr die Zeit, die sie braucht, um sich wieder zu fangen.

„Es ist alles so schrecklich. Mein Mann und mein Sohn Linus sind seit gestern auf Geschäftsreise in Indonesien, ich kann sie nicht erreichen. Ich hoffe, dass ich sie heute Abend ans Telefon kriege. Ich weiß gar nicht, wie ich ihnen das erklären soll.“

„Hatte Ihr Sohn Malte denn Freunde hier in Frankfurt?“, frage ich, „Leute, mit denen er sich getroffen hat?“

„Da waren ein paar aus der Studentenzeit, aber die sind ja in alle Winde zerstreut. Wir waren so froh, als er mit Kerstin zusammen war, wir haben auf Enkel gehofft. Aber irgendwie hat es dann doch nicht gepasst. Der Malte hat immer jemanden gebraucht, der sich ihm unterordnet, das war schon so mit den Freunden in der Schule. Wissen Sie, der Malte war hochintelligent, er war ein sehr bestimmender Mensch, das war auch für uns als Eltern alles andere als einfach.“

„Wann haben Sie ihn zum letzten Mal gesehen?“

„Am Sonntag war er da, zum Kaffee. Er kommt, kam, so alle zwei Wochen, in der letzten Zeit haben wir uns dann oft gestritten.“

„Hat er erwähnt, dass er sich bedroht fühlt?“

„Nein! Ich weiß auch nicht, ob er uns etwas davon erzählt hätte.“

„Hat er etwas über seine Arbeit erzählt oder von seinem politischen Engagement?“

„Politisches Engagement? Davon weiß ich nichts. Wir haben nichts mit Politik zu tun. Das war hier nie ein Thema in der Familie.“

„Ihr Sohn hatte eine schöne Wohnung, zwei Autos, aber kein so großes Gehalt ..."

„Ja, ich habe ihm ab und zu was zugesteckt!"

„Zugesteckt?"

„Ja, ab und zu einen großen Schein. Der Malte war jung, was soll ich mit dem Geld?"

„Hat er etwas von einer Schülerin erzählt, die von ihm schwanger sein soll?"

Jetzt ist sie ehrlich erstaunt. „Nein! Niemals. Ist das denn so?"

„Ich weiß es nicht, ich werde es rausfinden."

Auf dem Weg zum Auto rufe ich die Biggi im Polizeipräsidium an. Sie soll mir einen Termin beim Rektor des Büdinger Gymnasiums machen, außerdem muss ich wissen, wie die Familie heißt, deren Tochter Reiffenberg aus der Schule gemobbt hat. Und vielleicht kriegt sie ja was raus über die Reiffenbergs und ihre Geschäfte.

Vom Westend fahre ich über den Alleenring auf die A 66 und dann über Gelnhausen nach Büdingen. Kurz vor zwölf bin ich am Gymnasium. Biggi hat den Rektor erreicht und mich angekündigt.

Viel kann er mir nicht sagen, wobei ich denke, dass er mir auch nicht viel erzählen will. Den Reiffenberg hat er kaum gekannt, sagt er. Er sei ein freundlicher Kollege gewesen, aber noch nicht so richtig im Kollegium angekommen.

„Was meinen Sie damit?", frage ich nach.

„Na ja, er hatte ja nur ein paar Stunden, und ich glaube, er wäre lieber nur an der Gesamtschule gewesen. Er hat halt bei Veranstaltungen der Lehrerschaft nicht mitgemacht. Das ist eher ungewöhnlich, weil junge Lehrer normalerweise an solchen Treffen mehr interessiert sind als die älteren."

Von besonderen Kontakten zu Schülerinnen oder Schülern

will er nicht gewusst haben. Auch habe es keine engen Beziehungen zu Kolleginnen oder Kollegen gegeben, soweit er das als Rektor beurteilen könne. Er sei ja nur selten im Lehrerzimmer.

Ich spreche dann noch mit einigen Kollegen und erfahre nichts Neues. Freundlich, höflich sei der Reiffenberg gewesen, aber nicht wirklich an anderen Leuten interessiert.

Nach der sechsten Stunde gibt es so eine Art Mittagspause. Ich setze mich in die neu gebaute Mensa und lasse mir ein gesundes Schülermittagessen schmecken.

Am Freitagnachmittag sind nicht mehr viele Schüler auf dem Schulgelände, aber der Biokurs von Malte Reiffenberg, der jetzt stattgefunden hätte, konnte in der kurzen Zeit nicht mehr abgesagt werden. Und eine Vertretung ist auch noch nicht organisiert. Das gibt mir Gelegenheit, mit den Schülern zu sprechen.

„Ihr habt schon vom gewaltsamen Tod eures Biologielehrers gehört?“, frage ich in die Runde.

Kopfnicken, betretenes Schweigen, einer kaut Kaugummi und legt seine Füße auf den Stuhl vor ihm.

„Habt ihr eine Ahnung, wer das gemacht haben könnte?“

„Nee, der Reiffenberg war eigentlich ganz cool“, kommt es aus der Gruppe.

„Ja!“, sagt der, der die Füße auf dem Stuhl hat, „wenn du genau das gesagt hast, was er erwartet hat. Mit ’ner anderen Meinung warst du doch schnell bei dem unten durch.“

„Ach, lass das doch, das ist doch Quatsch.“

„Nee, nee, nee, das muss auch mal gesagt werden. Ich finde, der hatte schon eine komische Art.“

Was für wohlerzogene Schüler, nur einer spricht schlecht über den Toten. Ich lasse das Gespräch ein wenig dahinplätschern und nehme mir hinterher noch mal den Kaugummi kauenden Kritiker vor.

„Entschuldigung, ich habe noch eine Frage!", rufe ich ihm hinterher.

Er bleibt stehen, die anderen gehen weiter. Einer zischt ihm noch was zu, was sich anhört wie „Halt bloß dein Maul!".

„Wie war noch mal Ihr Name?"

„Sven Gerich!"

„Sie haben vorhin gesagt, Reiffenberg war nicht so cool, nicht so nett, wenn man nicht seiner Meinung war?"

„Ja, klar, er hatte so eine festgefahrene Meinung in Bio. Wenn man mal eine kritische Frage gestellt hat, konnte er einen ziemlich fertigmachen."

„Was meinen Sie mit fertigmachen?"

„Wenn man die eigenen Argumente vorträgt und die werden dann in Grund und Boden geredet und die anderen, weil sie Angst um ihre Noten haben, machen auch kräftig mit, dann fühlt man sich schon ziemlich blöd. Und wird vor der ganzen Klasse ziemlich bloßgestellt. Ein zweites Mal ist man dann schon vorsichtiger mit seinen kritischen Anmerkungen, und wenn das einem noch mal passiert, dann ist man für den Rest des Schuljahrs still. Ich finde nicht, dass das ein guter Unterrichtsstil ist. Das hat ja auch was mit Angstmachen zu tun."

„Hatten Sie Angst vor Reiffenberg?", frage ich.

„Nein, nicht körperlich Angst. Nicht in dem Sinne. Sondern mehr, dass er seine Position als Lehrer ausnutzt und einen mit schlechten Noten bestraft. Da ist man doch als Schüler völlig hilflos."

„Hatte Reiffenberg Lieblinge in der Klasse?"

„Das kann man wohl sagen!" Gerich verzieht den Mund. „Vor allem Mädchen, vor allem die mit kurzen Röcken. Je kürzer der Rock, umso besser die Note. Vielleicht ein bisschen übertrieben, aber in diese Richtung lief es."

„Wissen Sie etwas über eine engere Beziehung, die vielleicht auch über das Schulische hinausging?", will ich wissen.

„Da wurde viel gemunkelt, aber konkret weiß ich wirklich nichts. Fragen Sie doch mal die Svenja, die konnte ganz gut mit dem Reiffenberg, vielleicht kann die was sagen."

„Wer ist Svenja?"

„Die Blonde da vorne!" Er nickt mit dem Kopf in die Richtung.

Ich also gleich weiter zu Svenja.

„Entschuldigung, ich habe noch eine Frage, Frau …"

„Schmidt!"

„Frau Schmidt, wir haben Hinweise darauf, dass Herr Reiffenberg enge, sehr enge Kontakte zu einer Schülerin hatte. Können Sie mir dazu etwas sagen? Das ist wichtig, wir müssen jeder Spur nachgehen, um den Tod Ihres Lehrers aufzuklären. Da kann der kleinste Hinweis helfen. Auch wenn er vielleicht nicht in die richtige Richtung führt, dann wissen wir wenigstens, in welche Richtung wir nicht mehr ermitteln müssen, verstehen Sie?"

„Klar, das kann ich mir schon vorstellen. Die Lindi hatte was mit ihm."

„Lindi?"

„Ja, Lindita Peleshi."

„Okay, und wie finde ich die?"

„Die ist jetzt schon nach Hause gegangen, Burggasse 32, vierter Stock. Von mir haben Sie die Adresse aber nicht."

Ich nicke und bedanke mich.

Burggasse 32, das sind nur fünf Minuten, die laufe ich sogar mal. Man will seinem Körper ja auch mal was Gutes gönnen nach dem opulenten Schülermahl. Das könnte ich noch durch ein Schweinemettbrötchen vom Metzger unterwegs ergänzen.

Nachdem ich den letzten Bissen runtergeschluckt habe, klingele ich bei Peleshi. Eine kleine, etwa fünfzigjährige Frau öffnet die Tür einen Spalt breit. Ich zeige meinen Ausweis, und sie ruft ihren Mann. Auch er so um die fünfzig. Gepflegte Erscheinung, Schnurrbart, kurzes Haar. Er fragt bei angelehnter Tür, was ich will. Ich sage ihm, dass ich in einer Mordsache ermittle und nur mit ihm und seiner Tochter sprechen möchte. Seine Tochter sei nicht da, sagt er.

„Wer ist es denn?", ruft die in diesem Moment aus dem Flur. Peleshi verdreht die Augen und lässt mich rein.

„Ziehen Sie bitte Schuhe aus!", sagt er.

Na prima, die von der Mutti selbst gestrickten Socken, die ich ab September trage, haben zwar noch kein Loch, aber der große Zeh lässt schon deutlich grüßen. Da muss ich jetzt durch.

Wir gehen ins Wohnzimmer. Dort beherrscht ein riesiger Flachbildschirm die Szene. Der hat fast schon Kinoformat. Irgendeine Schmonzette läuft gerade. Wahrscheinlich aus dem Heimatland unserer Freunde mit Migrationshintergrund. Wenigstens ist der Ton abgedreht. Die Mutter kommt aus der Küche und wischt sich an einem Handtuch die Hände ab. Sie gibt mir die Hand, ich stelle mich vor. Auch die Tochter ist jetzt da. Zu dritt sitzen sie auf dem Sofa vor mir.

„Sie wissen, weshalb ich da bin?", frage ich.

Der Vater nickt, der Tochter sieht man an, dass sie geweint hat. Offenbar ist die Familie Peleshi schon bestens informiert.

„Malte Reiffenberg, der Biologielehrer Ihrer Tochter, ist gestern Morgen ermordet worden. Ich ermittle in der Angelegenheit und möchte Ihnen ein paar Fragen stellen. Ist das in Ordnung?" Die Tochter nickt und der Vater auch.

„Ich möchte von Ihnen wissen, ob Sie eine nähere Beziehung zu Malte Reiffenberg hatten. Eine Beziehung, die über das Verhältnis von Schülerin und Lehrer hinausging."

Wieder Nicken.

„Ist es richtig, dass Sie von Malte Reiffenberg schwanger sind?", frage ich jetzt ganz brutal.

Ihr leichter Bauchansatz lässt mich erraten, dass sie so etwa im vierten Monat sein muss.

„Das Schwein!“, schreit jetzt der Vater.

„Lefter!“, beruhigt ihn die Mutter und legt ihre Hand auf seinen Arm.

„Das Schwein!“, schreit Vater Peleshi erneut. „Wir sind hierher nach Deutschland gekommen. Alles schlecht, keine Ehre. Wir sind in Deutschland zwanzig Jahre. Ich war Techniker in Pristina, in Kosovo. Ich hier arbeiten, alle Jahre, aber nix Techniker, jetzt Hausmeister! Abschluss nicht Anerkennung. Hoffen, dass Kinder besseres Leben hier haben. Wir hatten eine Tochter nur, sollte besseres Leben haben, und jetzt schwanger, mit 18 Jahren. Jetzt keine gute Chancen. Leben wird schwer sein. Leben wird schlecht sein.“

„Papa, sag doch nicht so was, das stimmt doch alles gar nicht!“

„Ich vor zwanzig Jahren mit Bürgerkrieg aus Kosovo gekommen. Hier immer arbeiten, nie Sozialhilfe. Tochter immer lernen, immer lernen, Abitur, dann Studium, sie soll besser haben. Auch Frau arbeiten, im Supermarkt an Kasse. Wir arbeiten von morgens bis abends, damit Tochter besser hat, und jetzt ist schwanger.“

„Darf ich Sie etwas fragen, Fräulein Lindita? Wie lange waren Sie schon mit Malte Reiffenberg zusammen?“

„Es hat im Sommer angefangen. Wir haben uns geliebt.“ Ihr Schluchzen geht in einen Weinkrampf über. „Er … wollte … mich … heiraten.“

„Das ich nicht glauben!“, wirft der Vater dazwischen.

„Du hast keine Ahnung!“

„Ein Verhältnis zwischen Schülerin und Lehrer ist sehr schwierig, für einen Lehrer ist das ein Kündigungsgrund!“, sage ich zu ihr.

„Deshalb haben wir es ja auch geheim gehalten. Er wollte

mich heiraten, ich weiß es. Und dann wären wir weggezogen, weg von Büdingen, weg von Echzell, nach Frankfurt oder nach Berlin!"

Das widerspricht nun alldem, was mir Malte Reiffenbergs Mutter und auch Kerstin Berg erzählt haben. Aber davon sage ich nichts, ich will die weibliche Gesellschaft hier nicht noch mehr aufbringen, sie würden es mir ohnehin nicht glauben.

„Wusste jemand von Ihrer Schwangerschaft?", frage ich stattdessen.

„Ich habe es Svenja, meiner Freundin, gesagt, vielleicht wurde hinter unserem Rücken gesprochen, ist mir auch egal. In fünf Monaten wäre das Abitur gewesen, ich hatte gedacht, wir kriegen das hin. Aber jetzt ist sowieso alles egal."

„Herr Peleshi, haben Sie mit Malte Reiffenberg gesprochen?"

„Ich einmal gesprochen, er nicht mit mir reden wollen!"

„Ja, weil du ihn geschlagen hast!", schreit Lindita dazwischen.

„Ich nicht geschlagen."

„Natürlich hast du ihn geschlagen, er hat's mir doch gesagt."

„Ich habe nur geschubst, er wollte nicht reden."

„Aber er war mein Freund, er war mein Mann, wir wollten heiraten, wir wollten zusammenleben, immer zusammen sein."

„Er wollte nix, er wollte nur Vergnügen. Er wollte keine Verantwortung."

„Hat er das zu Ihnen gesagt?", frag ich.

„Er sagt, er nicht mit mir reden. Im Kosovo Männer reden, wenn Frau schwanger."

„Und wie ging es weiter?", bohre ich behutsam nach. „Wie sind Sie miteinander verblieben?"

„Er ist weggelaufen."

„Und Sie?"

„Ich nix machen."

„Wann haben Sie ihn zum letzten Mal gesehen?"

„Letzten Montag", sagt er, „ich war bei ihm zu Hause."

„Und Sie, Fräulein Peleshi?"

„Wir haben uns vorgestern Abend gesehen. Ich war den ganzen Abend bei ihm, er hat mich dann nach Hause gefahren."

„Danke, das genügt mir erst einmal. Nur eine Frage noch, Herr Peleshi! Wo waren Sie gestern Vormittag?"

Er schaut mich mit großen Augen an.

„Ich krankgeschrieben, war zu Hause."

„Kann das jemand bestätigen?"

„Nein! Frau war arbeiten, Tochter in Schule. Ich allein, gucken Fernsehen."

Zwei Uhr durch, ich fahr jetzt noch nach Gedern, da wohnt dieses Mädchen, das mit Reiffenberg im Biounterricht Stress hatte. Frau Singer, die Fachbereichsleiterin, hatte sogar gesagt, der Vater des Mädchens habe Reiffenberg bedroht.

Johanna Günther wohnt in Wenings, dem größten Stadtteil von Gedern. Zusammen mit fünf Geschwistern und ihren Eltern lebt sie etwas außerhalb des Dorfes in einem Siedlungshaus aus den Fünfzigerjahren. Sauber, aber langweilig. Der Vorgarten gepflegt, aber genauso langweilig, Rasen, ein paar Büsche. Der Garten Eden sah wohl anders aus.

Ich klingele, und ein Mann so etwa Mitte vierzig öffnet mir die Tür. Nachdem er meinen Ausweis gründlich studiert hat, lässt er mich rein. Wir sitzen in der Küche, Frau und Tochter Johanna setzen sich zu uns. Zwei andere Kinder habe ich noch gesehen, die sahen auch aus wie geleckt. Die Mädchen in Röcken und Blusen, die Haare zu Zöpfen geflochten oder hochgesteckt, ein vielleicht achtjähriger Junge sieht aus, als würde er gerade zur Erstkommunion gehen. Johannes Günther hat einen etwas abgetragenen grauen Anzug mit weißem Hemd und einer einfarbigen Krawatte an. Zu Hause könnte ich mir eine bequemere Kleiderordnung vorstellen. Die Frau trägt nicht den Hauch von Make-up oder Parfüm. Ihre Haare, ebenfalls hochgesteckt, sind von grauen Strähnen durchzogen. Biggi hatte mir die Daten der Familie rausgesucht. Elisabeth Günther soll erst 39 sein, sie sieht mindestens zehn Jahre älter aus. Falten auf der Stirn und um die Mundwinkel. Nennt man so was Sorgenfalten? Auf jeden Fall sieht sie recht freudlos aus. Sie stellt mir ein Glas Leitungswasser auf den Tisch.

„Herr Günther, ich ermittle in der Mordsache Reiffenberg, Sie wissen davon?"

„Es stand ja heute in allen Zeitungen!"

„Malte Reiffenberg hat im Unterricht Ihre Tochter ... ziemlich niedergemacht ..."

„Reiffenberg war kein guter Mensch, er war vom Satan geschickt!" Er spuckt die Worte geradezu aus.

„Darüber gibt es verschiedene Ansichten ..."

Er unterbricht mich.

„Siehe, er trägt in sich Böses; er geht schwanger mit Unheil, gebiert Falschheit. Er hat eine Grube gegraben und hat sie ausgehöhlt, doch ist er in die Falle gefallen, die er gemacht hat. Sein Unheil kehrt auf sein Haupt zurück, und auf seinen Scheitel herab kommt seine Gewalttat. Ich will den HERRN preisen nach seiner Gerechtigkeit und besingen den Namen des HERRN, des Höchsten."

„Sie glauben, er hat die göttliche Strafe verdient?"

„Jeder muss sich für seine Taten verantworten. Wenn ein Mensch, ein Lehrer, sich anmaßt, das Wort Gottes in den Schmutz zu ziehen, die Bibel als Märchenbuch zu bezeichnen und bibeltreue Christen lächerlich zu machen, dann muss er mit der Strafe des Allmächtigen rechnen."

„Kann es sein, dass der Allmächtige dabei auf die Mithilfe eines irdischen Bewohners angewiesen war?"

„Der Herr ist auf die Hilfe der Menschen nicht angewiesen, wohl aber sind wir auf die Hilfe des Herrn angewiesen. Unser Gott ist der Gott der Liebe, aber auch des Zorns. Doch ohne Sünde gibt es keinen Zorn. Je größer die Sünde, desto größer auch der Zorn Gottes. Mit seinem Zorn zeigt Gott seine Macht und Heiligkeit und Gerechtigkeit gegenüber der Kreatur, die sich ihm verdankt, sich ihm aber verschließt."

„Sie leben nach der Bibel?", frage ich ihn.

„Wir leben so, wie es der Herr geheißen hat."

„Aber Sie wissen auch, dass das fünfte Gebot verbietet, einen Menschen zu töten."

Er schaut mich richtig angeekelt an. „Es ist das sechste Gebot, in dem es heißt ‚Du sollst nicht töten'!"

„Oh, da habe ich mich geirrt. Sie sehen, ich bin nicht ganz so bibelfest."

Er steht jetzt auf. „War es das? Ich muss noch an der Predigt weiterarbeiten."

„Ja, im Prinzip schon. Nur eine letzte Frage: Wo waren Sie eigentlich gestern Vormittag, Herr Günther?"

„Ich habe meine Predigt für den Gottesdienst am kommenden Sonntag vorbereitet."

5.

„Komm, wir gehen zur Silke“, sage ich und laufe schon los. „Zur Silke“ heißt eigentlich zu Günthers Eckkneipe. Weil der Günni aber selbst ein guter Kunde seiner Kneipe ist, ist eigentlich nur auf die Silke wirklich Verlass.

Die Silke, das muss ich jetzt mal erklären, die Silke ist wirklich eine tolle Frau. So eine, wie man sie sich immer wünscht, nett und auf ihre Art klug. Silke hat für alle Probleme Verständnis und kann dermaßen gut zuhören. Sie blickt dir in die Augen, verständnisvoll und anerkennend, und dann denkst du, das ist alles nicht so schlimm.

Die Silke kennen Jockel und ich, seit wir zusammen im Kindergarten Sandburgen gebaut haben. Mit sechzehn war ich mal eine Weile mit Silke zusammen, aber wenn man sich so lange kennt, dann gibt es einfach Hürden, die man nicht überwinden kann. Man sieht die Frau vor sich und sich selbst als kleinen Bub oder schlimmer noch umgekehrt, du hast als Mann deine Bedürfnisse und siehst das kleine Mädchen vor dir. Unvorstellbar.

Zur Silke gehen – da kann der Jockel nur zustimmen und fängt derweil schon mal an zu schmatzen. Das ist so eine neue Angewohnheit von ihm, gerade so, als würde er seine Schoppen schon vorher abschmecken. Sieht irgendwie doof aus.

„Du“, sage ich, „das sieht doof aus, wenn du so schmatzt.“ Und er: „Die schönste Freude ist die Vorfreude.“

Ich bin ja eher Pilstrinker. Sieben Minuten, dann ist das königlichste aller Getränke fertig. Aber der Apfelwein, den der Günni selbst macht, der ist echt spitze.

Beim Günni ist schwer was los. Will sagen, neben den Skatbrüdern, die jeden Mittwoch hier hocken, hat sich am Stammtisch noch eine Wandergesellschaft breitgemacht.

Das muss ich kurz erklären: Die Evolution hat mit der Entwicklung der Technik nicht Schritt gehalten. Seit der Erfindung des Autos nutzt man seine Füße für Kupplung und Gas, wenn es sein muss, auch mal für die Bremse. Selbst zum Günni fährt man, es sein denn, man hat seinen Lappen abgeben müssen.

Wandern ist aber offensichtlich schwer angesagt. Der Landrat lädt zum Wandern ein, und selbst die Mutti läuft mit, aus alter Verbundenheit, wie sie sagt, dabei hat sie doch im Vorzimmer vom Vorgänger des Wanderlandrats gesessen. Und dann hat so ein Vollhorst gleich drei Wanderbücher über die Gegend geschrieben. Jetzt stolpert man dauernd über Rentner aus Frankfurt und Hanau, die sich mit ihren Stöcken durch die Wetterau schlagen. Schlimmer noch ist, dass die sich in unseren Kneipen breitmachen und einen „knackigen Salat mit Tofuwürfeln" bestellen, dazu eine „Apfelsaftschorle mit mindestens zwei Dritteln Wasser". So ein labiler Typ wie der Jockel, der kann da echt ein schlechtes Gewissen mit seinem Schoppen bekommen.

Neben den Wanderern sind da noch drei Typen, die ich auch nicht kenne. Zwei mit billigen Lederjacken, der eine kaum größer als ein zwölfjähriges Kind, und einer mit so einem gestreiften Anzug. Der sieht original aus wie aus einem Mafiafilm.

„Der sieht aus wie aus einem Mafiafilm", raune ich Jockel zu.

„Ja, Don Corleone mit Fredo und Tom für Arme!", sagt der und stiert wieder in sein Apfelweinglas.

„He, du!", ruft jetzt der Zwerg in Richtung Silke, „bring noch drei Bier und drei Klare, aber flott."

Oho, es gibt wenig, was die Silke aus der Ruhe bringt, aber wenn einer frech wird, ist mit ihr nicht zu spaßen.

„Darf denn der Kleine schon so was trinken oder willst du

vielleicht doch lieber ‘ne Brause? Was sagt denn dein Papi dazu?“, gibt sie eiskalt zurück.

Rumpelstilzchen hat ein knallrotes Gesicht bekommen. „Ich zeig‘s dir gleich“, japst der Kleine und will schon über den Tresen, da sieht er, wie Silke den Baseballschläger nimmt.

Der Anzugträger zieht ihn zurück. „Lass gut sein, der junge Mann ist manchmal etwas unbeherrscht“, sagt er in Richtung Theke. „Tut mir leid!“

Die drei haben schon bezahlt, da zischt der Zwerg noch zu Silke: „Wir beide sind noch nicht fertig.“

6.

Samstag ist endlich frei. Lange schlafen, gemütlich frühstücken und ausgiebig die Zeitung lesen.

Dann beginnt der Ernst des Lebens. Die drei Bewohner der Bachgasse 20 auch am Wochenende mit ausreichend Nahrung zu versorgen, muss gut geplant werden. Ich würde ja alles bei unserem Kaufmann holen, aber da komme ich nicht mit durch. Auch die Bio-Waren aus dem Supermarkt bestehen die kritische Prüfung der Damen nicht. „Was heißt denn bio, das Zeug ist Tausende Kilometer mit seinem Aufkleber quer durch Europa gereist, dem traue ich nicht. Wir kaufen regional, da weiß man, was man hat."

Also heißt es, mit Mutti und Tante Jutta die Runde drehen. Die Runde drehen am Samstag heißt, die Direktvermarkter in der Region abklappern. Da gibt es einen Bauern, der die besten Kartoffeln hat, andere haben die gute Hausmacher Wurst, andere Käse und Brot, bei den Anthroposophen gibt es das beste Gemüse und einen tollen Bio-Apfelsaft. Die beiden alten Damen schwören schwer auf biologisch abbaubar, gentechnikfrei und womöglich bei Vollmond gepflanzt. Na, mir ist es recht, das, was ich dafür bekomme, ist es allemal wert.

Der Kofferraum meines Benz ist halb voll, als es mit der Beute nach Hause geht.

Während die Damen sich um das Mittagessen kümmern, nehme ich mir den Lokalteil des Kreisanzeigers vor.

Alles, was man so Wegbegleiter nennt, wurde zum Tod von Malte Reiffenberg interviewt. Als ich das Ergebnis lese, glaube ich fast, dass unsere Gesellschaft mit dem Ableben von Reiffenberg einen schweren Verlust erlitten hat. Da hatte doch unser armer Verblichener gleich mehrere Aussichten auf eine große Karriere. Als Lehrer war er ein weithin leuchtendes Vorbild, als Naturschützer hat er sich wie kein Zweiter völlig uneigennützig um den Erhalt unserer Erde verdient gemacht. Und für einen Kommentator war er gar ein politischer Hoffnungsträger. Bei der nächsten Bürgermeisterwahl hätte er antreten wollen, heißt es. Der Zeitungsfritze schreibt sogar, dass er gute Chancen gegen den jetzigen Bürgermeister gehabt hätte; von dem weiß man allerdings, dass er seit Jahren schon an seinem Rentnerdiplom feilt.

Das Mittagessen hat die Tante Jutta schon gestern Abend vorbereitet. Ist ein echtes Gedicht. Vogelsberger Beulches, das sind geschälte, geriebene Kartoffeln mit Lauch und Pökelfleisch, Wurst oder Bratenresten, alles klein gewürfelt, mit Eiern und Gewürzen vermischt und in kleinen Leinensäckchen eine Stunde in Salzwasser gekocht. Dazu gibt es eine schöne Bratensoße. Noch besser sind die Reste, die man am nächsten Tag in Streifen schneidet und in der Pfanne mit Butter brät.

Nach einer kleinen Siesta hole ich um drei den Jockel ab, und wir gehen zusammen zum Günni. Samstag ist Günnitag, weil der hat so einen Bezahlfernsehsender. Da gibt es die Spiele der Eintracht live zu sehen. Die Kumpels sind alle da. Wie zu erwarten, fragen mich einige nach dem Fall. Den Reiffenberg kannten viele hier, und jeder hat heute Morgen den Kreisanzeiger gelesen. Ich weiche aus, denn ich kenne die Brüder ja. Wenn ich heute unter dem Deckmantel der Verschwiegenheit etwas ausplaudere, dann weiß es morgen das halbe Dorf. Einige sind noch weniger zimperlich und rufen gleich den Schwiers an, um ihm die vermeintlichen Neuigkeiten zu stecken.

Um halb vier geht es endlich los, und niemand will mehr was von mir wissen. Die Eintracht spielt in Bremen, und so super hat die Saison nicht begonnen. Platz 15 – einen Sieg in Bremen könnten wir gut gebrauchen. Seit der Günni die Liveübertragungen bringt, ist in der Kneipe am Samstag echt der Bär los. Da ist eine Stimmung fast wie im Stadion. Sogar besser, denn ins Stadion fahr ich ums Verrecken nicht. Nicht nur wegen der blöden Hooligans, auch, weil ich sowieso nicht gerne in die Stadt fahre.

Zwei Stunden später ist die Stimmung, wie sie besser nicht sein könnte. Der Kadlec, den die Eintracht gerade erst verpflichtet hat, hat zwei Tore geschossen, drei null haben wir in Bremen gewonnen, raus aus dem Tabellenkeller. Wie schön kann doch die Welt sein.

Der Abend ist gelaufen, und ich feiere mit Silke und Jockel. Später kommt dann noch der Manni. Weil die Eintracht gewonnen hat, gebe ich dem auch einen aus.

Der Manni ist ein begnadeter Autoschrauber. Das hat der noch in der DDR gelernt. Die haben sich aus Blech und Plaste die Ersatzteile selbst zusammengebaut. Ohne Manni würde mein Benz längst schon auf irgendeinem Autofriedhof vor sich hin rosten. Der Manni kennt jeden Schrottplatz zwischen Hanau und Gießen. Wenn der ein Teil nicht besorgen kann, dann gibt es dieses Teil nicht. Manni ist ein Original. Anfang fünfzig, mit einer Vokuhila-Frisur wie David Hasselhoff. Das sieht so scheiße aus, da fehlen mir die Worte. Aber er ist ein treuer Typ und immer nett, solange du nichts gegen seine Heimatstadt Dresden und den dortigen Fußballklub Dynamo sagst.

„Du orbeidsdom Reiffeberch sei Dod?“, fragt er und beißt in eine von Silkes fantastischen Frikadellen.

„Hä?“

„Du arbeitest am Reiffenberg seinem Tod?“, wiederholt er, nun auch für mich Oberhessen verständlich.

„Ja!“, geb ich kurz zurück.

„Der had nämlisch sein VW-Gabrio, Baujahr 62, bei mir in där Werkstatt stehn.“

„Aha“, sag ich.

„E dolles Deil mit nem abschließbarem Hanschuhfach, als würdste en Dresor durch de Gechend fahren. Der Reifenberch had mir mol gsagt, was do drin is, das sorcht echt für Ärcher. Ich hab da nichts droff gegeben, der war ja scho immer e gomischer Typ, aber itze …“

Aber jetzt bin ich ganz Ohr.

„Und du hast da mal reingeschaut?“

Manni guckt mich so von der Seite an.

„Ja, ich behalt‘s für mich!“, beruhige ich ihn.

Der Manni hat nämlich keinen so ganz geraden Lebensweg hinter sich. Nach der Wende kam er in den Westen, aber nirgends richtig an. Mit seinen speziellen Kenntnissen hat er sich auf weniger legale Art seinen Anteil am gesellschaftlichen Reichtum besorgt. 18 Monate haben ihn dann für alle Zeiten geheilt und in mein Dorf gespült. Hier wird echte Wertarbeit noch wirklich geschätzt.

„Und?“, frage ich auffordernd.

„E brauner Briefumschlach, ohne Adresse.“

„Wo ist der jetzt?“

„Ischhabnmal in Sicherheit gebrachd. Willstmol sehen?“

„Hast du ihn dabei?“

„Nein!“

„Na, dann lass stecken, morgen ist auch noch ein Tag!“

„Morgen“, sagt jetzt die Silke, „morgen wandern wir mit dem Landrat. Der will doch jetzt die Wetterau bekannter machen. Die Leute sollen sehen, wie schön sie es hier haben. Na, und deine Mutter läuft da mit, die hat ja beim Landrat im Vorzimmer gesessen.“

„Ja, aber bei seinem Vorgänger.“

„Egal“, sagt die Silke, „ich hab ihr versprochen mitzugehen. Was ist mir dir? Bist du dabei?“

„Was ist mit dir?“, frag ich den Jockel, aber der winkt ab.

„Ich soll mich doch noch um diesen christlichen Fundamentalisten kümmern. Da ist morgen Bibelstudium angesagt!“, grinst er und trinkt sein Glas auf ex aus.

„Wo geht's denn hin?", frage ich Silke.

„Ins Ried und dann über den Flugplatz und Blofeld zurück."

„Und nachher einen Schoppen?" Ich bin schon fast überzeugt.

„Und nachher einen Schoppen!", kichert Silke und schlägt in die Hand ein, die ich ihr hinhalte.

7.

Am Montag fahr ich erst mal nach Friedberg in die Polizeidirektion. Ich hasse diesen grauenhaften Bau im Gewerbegebiet. Wenn ich mir vorstelle, hier jeden Tag von acht bis fünf zu arbeiten, wird mir ganz anders. Deshalb versuche ich meine Bürozeiten auf das Nötigste zu beschränken.

Manchmal muss es aber sein. Heute ist so ein Tag des Aktenstudiums.

Jetzt läuft mir auch noch mein Chef, Polizeihauptkommissar Edgar Schwatz, über den Weg.

„Ja Kalli, mein Lieber, gibt es Sie auch noch?", versucht er sich in Ironie, was ihm jedoch durch die Leichenbittermiene, die er aufsetzt, gründlich misslingt.

„Sie wissen doch, heut Nachmittag ist eine Pressekonferenz angesagt."

„Wie könnte ich das vergessen, die Kollegen haben mich ja schon zu Hause angerufen. Kommen Sie doch um zehn in mein Büro, dann können wir noch Details besprechen."

Ich geh dann erst mal zu Pressesprecher Wolfgang Goldt. Goldt muss immer ran, wenn es gilt, spärliche Ermittlungsergebnisse wortreich zu verkünden. Das werden dann „vielversprechende Ansätze, die uns sehr bald auf die Spur der Täter führen werden". Goldt ist ein guter Kumpel, auf den man sich felsenfest verlassen kann. Er ist Berufsoptimist, sagt er. „Alles wird gut!" ist sein Leitspruch im Kollegenkreis.

Vor den Presseleuten ist er total professionell. Der macht noch aus Scheiße Gold, sagen die Kollegen, und sie haben recht. Unsere Polizeidirektion hat einen guten Ruf. Wenn Polizeidirektor Dr. Roth seine Polizeistatistik der Presse vorstellt, gibt es keine Frage ohne ausführliche Antwort von Goldt.

Ich erzähl dem Wolfgang, welchen Eindruck ich vom toten Reifenberg mittlerweile gewonnen habe. Mit einem in der

Ehre gekränkten Vater, einem fundamentalistischen Katholiken mit gemobbter Tochter und dann auch noch dieser Windmühlenfirma sind gleich drei Spuren zu verfolgen. Ein Motiv hätten sie alle.

„Ich sehe schon“, grinst mir Goldt zu, „wir ermitteln in mehrere Richtungen und haben einige Spuren, denen wir nachgehen. Aus ermittlungstaktischen Gründen können wir jetzt erst einmal nicht mehr sagen.“

„Na, ob das den Journalisten reicht?“, bleib ich skeptisch.

„Alles wird gut!“, entgegnet Wolfgang, und wir gehen zusammen zu Edgar Schwatz.

In dessen Büro sitzt schon Polizeidirektor Dr. Ottmar Roth. Roth ist noch nicht lange hier in der Wetterau. Er ist ein junger, aufstrebender Karrierist aus Frankfurt und gewiss nur hier, um sich für höhere Aufgaben im Polizeipräsidium oder gar im Ministerium zu bewähren. Roth ist ein unangenehmer Typ, manchmal scheißfreundlich, dann läuft er wieder an dir vorbei, als hätte er dich nie im Leben gesehen. Ich kann so was nicht leiden. Dazu kommt so eine überhebliche Art, wie der mit den Leuten redet. Noch feucht hinter den Ohren und will den alten Hasen sagen, wo es langgeht. Der Schwatz leidet richtig an dem.

„Nun, Herr Wetz, was haben wir?“ Ich erzähl ihm alles noch mal, er macht sich Notizen, und später in der Pressekonferenz beantwortet er alle Fragen gerade so, als hätte er die bisherige Arbeit alleine gemacht.

Ich schau mir die Pressekonferenz aus der Perspektive der Journalisten an. Auf die Weise kann ich auch mal hören, was die sich so erzählen. Am witzigsten finden sie die Sitzordnung der Polizeiführung. Ganz links sitzt Hauptkommissar Schwatz, in der Mitte Polizeidirektor Dr. Roth und rechts Pressesprecher Goldt. Schwarz, Rot, Gold – die Journalisten feixen. Da sitzt die Zukunft Deutschlands.

Interessant ist noch das Ergebnis der Spurensicherung. Reiffenberg war ja bekannt dafür, dass er jeden Morgen eine Runde mit dem Mountainbike machte. Weil er für irgend so eine Meisterschaft trainierte, übte er auch die Sprünge über die Schanze. Wer das wusste, hatte es ziemlich leicht, die Falle für Reiffenberg aufzustellen. Die Sprungschanze war präpariert, die Fahrspur am Ende der Schanze verengt. Ein Fahrer musste zwangsläufig diese Spur nehmen. Bei dem entsprechenden Tempo landete er mit tödlicher Sicherheit auf dem Pfahl.

Aus der Gerichtsmedizin gibt es keine zusätzlichen Informationen. Wie der Pathologe gestern schon sagte: Die Aorta wurde durch den Pfahl zertrennt. Reiffenberg ist binnen einer Minute unter starken Schmerzen verblutet. An der rechten Hand sind zwei Finger gebrochen. Ob das mit dem Sturz zusammenhängt oder mit dem Fuß, der draufgetreten ist, kann man zweifelsfrei nicht mehr sagen. Der Reiffenberg sei topfit gewesen, sehr durchtrainiert. Hatte am Vorabend Geschlechtsverkehr, aber das wusste ich ja bereits von Lindita Peleshi.

8.

Ich mach früh Feierabend. Günni hat heute Ruhetag, und ich will mit der Silke ins Ried. Sie möchte gerne noch mal mit Fernglas die ganze Szenerie betrachten. All die Wasservögel. Ob ich denn wisse, fragt sie, dass die Gänse ihr ganzes Leben einander treu bleiben. Von frühester Jugend an sozusagen.

Die Silke kenne ich, wie gesagt, auch schon mein ganzes Leben. Wir waren zusammen im Kindergarten, sind zusammen eingeschult worden und haben die ersten vier Jahre Bank an Bank gesessen. Danach hat mich meine Mutter nach Friedberg ins Gymnasium geschickt, die Silke machte die mittlere Reife und fing dann bei der Bank in Echzell an. Silke hat schon als junges Mädchen gekellnert, ihr gefiel die Atmosphäre in den Kneipen, da ging es viel ehrlicher zu als in den Bankbüros. Irgendwann hat sie ihren Bankjob geschmissen und eine Kneipe aufgemacht. Das ging ein paar Jahre gut, dann kam die Pleite. Die Silke ist ein total toller Typ, aber ob das mehr werden könnte? Ich weiß es nicht.

Die Wanderung mit dem Landrat gestern war echt schön. Wir haben uns gut unterhalten, und die Zeit ist wie im Flug vergangen.

Außer meiner Mutter und Tante Jutta kenn ich niemanden so lange wie die Silke. So eine Vertrautheit und so ein Vertrauen habe ich zu niemandem sonst.

Am Nachmittag treffe ich mich noch mit Jockel. Der war echt fleißig.

„Den Begriff des christlichen Fundamentalismus gibt es eigentlich nicht, die nennen sich eher Traditionalisten. Aber egal, wie die ausgerichtet sind, eines eint alle diese Fundis: Sie setzen die Bibel absolut und vertreten eine ahistorische Auffassung der Quellen des Glaubens. Die Bibel ist Wort für

Wort vom Heiligen Geist eingegeben, das nennt man Verbalinspiration!“

Beim Zuhören denke ich an die Silke, die mir in der Schule so manche Verbalinspiration gegeben hat.

„Die Bibel“, doziert Jockel weiter, und schon wieder kommen diese komischen Kaubewegungen, „ist wortwörtlich zu verstehen. Sie gibt das Geschehen exakt wieder, das gilt auch für Wunder. Die biblischen Darstellungen gelten genauso als Tatsachenberichte wie historische oder naturwissenschaftliche Beschreibungen. Weil der Heilige Geist den Text eingegeben hat, ist er auch ohne Irrtum, weil Gott nicht irren kann. Es kann auch keine Widersprüche geben, die werden dann als nacheinander vorgefallene Ereignisse verstanden. Du kennst das Beispiel von der Menschwerdung. Erst formt Gott selbst den Menschen als Mann und Frau aus Erde. An einer späteren Bibelstelle schickt Gott dann Adam in Tiefschlaf und entnimmt ihm eine Rippe, um daraus Eva zu formen. Theologisch leben die Fundis nach den Prinzipien ‚Solascriptur‘, allein die Bibel zählt, ‚Solafide‘, nur der Glaube, nicht meine Werke retten mich, und ‚Solagratia‘, nur durch die Gnade Gottes werden wir errettet. Gerade das Prinzip des Solafide ist doch interessant. Wenn allein der Glaube zählt und nicht die guten Werke, dann zählen ja wohl auch nicht die schlechten Werke, wenn ich denn nur einen festen Glauben habe.“

Ja, denke ich mir, wenn jeder so seine Taten begründen würde, dann hätten wie hier die Hölle auf Erden.

„So! Und jetzt lade ich dich ein auf ein schönes Essen beim Günni“, sage ich.

„Prima, Frikadellen, das ist doch mal was anderes.“

„Willst du dich über Silkes Frikadellen beschweren?“

„Nein, um Gottes willen, niemals!“

9.

Am Dienstag mache ich mich im Büro erst mal daran, die Windfirma zu überprüfen. Vorgestern bei der Wanderung hat sich die Mutti an den Landrat gehalten. Der arme Mann wird ja dauernd von irgendwelchen Leuten angequatscht, deshalb habe ich mich in meiner vornehmen Art zurückgehalten. Die Mutti konnte es natürlich nicht lassen und hat von dem Mord erzählt und dass ihr Bub da der Chefermittler sei. Da wollte der Landrat dann doch ein bisschen mehr wissen.

Mit dem Tod von Reiffenberg lösen sich ja auch für Bavaria-Wind einige Probleme, sagte er, und das machte mich natürlich neugierig. Wie er das meine, fragte ich. Landrat Berthold sagte, er habe erfahren, dass die Firma in ziemlichen Schwierigkeiten stecke. „Die suchen händeringend Investoren und locken mit hohen Renditen."

Ich ruf also heute bei der hiesigen Sparkasse an. Aber bevor ich so einem forschen Jung-Betriebswirt alles erklären muss, klingel ich lieber bei meinem Freund Jörg an, mit dem ich früher Fußball gespielt habe. Der Jörg sitzt seit einer gefühlten Ewigkeit in der Kreditabteilung und ist seriös bis in die Haarspitzen.

Ich erzähl ihm, worum es geht, und verabrede mich mit ihm zum Mittagessen.

„Da kannst du aber dein Portemonnaie mitbringen, und in die Kantine will ich auch nicht!"

Da hat er recht, wir brauchen etwas Abgelegeneres.

„Wie wär's denn mit dem Italiener am Golfplatz?", frage ich, denn ich weiß, dass da jetzt nur ein paar Rentner und Hausfrauen den Schläger schwingen.

Als ich zum Golfplatz komme, ist der Parkplatz proppenvoll. Haben die denn alle kein schönes Zuhause, dass die hier um die Mittagszeit rumlungern müssen?, frage ich mich.

Jörg sitzt schon erwartungsvoll am Tisch und studiert die Karte. Ich verlange gleich mal die Tageskarte mit den billigen Mittagsmenüs. Schließlich bin ich ja nur ein kleiner Kommissar. Jörg ist ein bisschen enttäuscht. Als er sieht, was auf der Tageskarte steht, kann er aber schon wieder lachen. Er nimmt die Muscheln in Weißwein. Ich nehme die Spaghetti mit Meeresfrüchten, „aber ohne Schale bitte", ruf ich der Bedienung nach.

Ich habe mir ein Pils bestellt, für Jörg musste es ein Orvieto Classico sein. Ich schau auf den Preis und verdrehe die Augen.

„Meine Güte, ich habe den ganzen Vormittag für dich geschuftet, und das, obwohl ich noch einen Berg von Arbeit daliegen habe."

„Für die Gerechtigkeit muss der Kommerz halt mal zurückstehen", sage ich und beschwichtige ihn, indem ich ihm aus seiner Karaffe nachschenke.

„Mit BavariaWind hast du dir aber einen ganz schönen Gegner rausgesucht!"

„Ob das ein Gegner wird, stellt sich noch raus", antworte ich. „Was hast du denn?"

„BavariaWind ist eine dubiose Firma. Die bauen Windkraftanlagen und nutzen dabei eine Gesetzeslücke. Weil das Land keine eindeutigen Vorgaben für die Standorte gemacht hat, können Firmen bauen, auch wenn das der Gemeinde nicht gefällt, sie brauchen nur jemanden, der das Grundstück zur Verfügung stellt. BavariaWind hat in den letzten Jahren Dutzende solcher Anlagen gebaut. Die sammeln dann Geld von Kleinanlegern ein, die sie mit Renditen von sieben Prozent ködern. Du weißt ja, was wir als Sparkasse bieten können, da kommt auch bei so manchen Kleinsparern auf einmal die Gier. Aber vielleicht auch das böse Erwachen."

„Da haben doch schon viele Leute ihr Geld verloren", sage ich.

„Stimmt, aber nicht bei BavariaWind, die haben bisher immer die Zinsen gezahlt. Dennoch: Die Sparkasse macht mit BavariaWind keine Geschäfte, und wir raten auch unseren Kunden dringend davon ab, da zu investieren. Wie das auch die Volksbank tut und andere seriöse Banken. Ich habe einen Freund bei einer Frankfurter Wirtschaftskanzlei, der sagte mir, dass es Ermittlungen der Staatsanwaltschaft gegen BavariaWind gibt. Die Bilanzzahlen würden deutlich ergeben, dass die im laufenden Geschäft ordentliche Verluste machen. Die bleiben nur über Wasser, weil sie immer neue Kunden ködern, die frisches Geld ins Unternehmen bringen. Aber über kurz oder lang wird es da mal einen großen Schlag tun."

„Was bedeutet es für BavariaWind, wenn durch Proteste der Bau solcher Anlagen verzögert oder gar verhindert wird?", will ich wissen.

„Das ist für die in der jetzigen Situation der Supergau. Wenn nicht alles reibungslos abläuft und das Geschäft ins Stocken gerät, dann steht das doch gleich in den Zeitungen. Dann würden vermutlich die Anleger abspringen, und das System kollabiert. Die könnten dann in wenigen Tagen pleite sein. Mein Spezi von der Wirtschaftskanzlei hat mir außerdem erzählt, dass BavariaWind wenig zimperlich mit Kritikern umgeht. Da kommt schon mal ein Rollkommando und argumentiert mit Baseballschlägern."

Spontan kommt mir die Begegnung mit den drei Mafiatypen beim Günni in Erinnerung.

Während Jörg mir das alles berichtet, hat er tapfer mit seinen Muscheln gekämpft. Hernach sieht er aus, als müsste er das Essen in der Zivilisation noch üben. Er hat sich so eingesaut, dass er glatt nach Hause fahren muss, um sich umzuziehen.

Ich beschließe, mir die Leute von BavariaWind genauer anzusehen.

Um Punkt vier Uhr parke ich vor der Zentrale von Bavaria-Wind in Bad Vilbel. Wenigstens musste ich nicht nach Frankfurt fahren, das hätte mir den Tag verleidet. Die Messingplatte am Eingang sieht eindrucksvoll aus. Das kann man vom Rest des Gebäudes nicht sagen. Ein Verwaltungsbau aus den Sechzigerjahren, vom Putz blättert die Farbe ab, die Alufenster sind teilweise blind. Es ist sauber, aber irgendwie schäbig und abgenutzt. Hier also residiert eine Firma, die Renditen verspricht, von denen andere nur träumen.

„Lassen Sie sich nicht täuschen vom Äußeren, wir geben unsere Gewinne an unsere Investoren weiter und verzichten dafür auf luxuriöse Verwaltungsgebäude und mondäne Büros."

Mondän kann man das Zimmer nun wirklich nicht nennen, aus dem Geschäftsführer Alexander Koppenweh die Geschicke seines Unternehmens leitet.

Ich erzähle dem Mann von den Mordermittlungen und dass da auch sein Unternehmen ins Spiel kommt.

Der Mann macht mich vom ersten Augenblick an nervös. Keine Minute kann der still sitzen, irgendwas hat er immer in den Händen, mit denen er seine Worte auch noch gestenreich untermalt. Das geht mir vielleicht auf den Sack.

„Mit unseren Anlagen leisten wir einen wichtigen Beitrag zur Energiewende. BavariaWind beteiligt sich aktiv am Kampf gegen den Klimawandel, der unsere Mutter Erde bedroht." Dabei formen seine Arme eine Kugel. „Die Windräder", jetzt hebt er die Arme über den Kopf und wackelt mit den Händen, „holen sich ihre Energie aus dem, was uns die Erde kostenlos und freiwillig liefert."

Dann legt er mir noch ein paar Hochglanzbroschüren hin. Ja, das sieht fein aus. Wenn ich die mit nach Hause nehme, dann wollen die Mutti und die Tante Jutta gewiss bei Bavaria-Wind einsteigen.

„Herr Koppenweh“, unterbreche ich seinen Redefluss, „haben Sie öfter mit Widerständen gegen ihre Anlagen zu tun?“

„Herr Kommissar“, antwortet er, „wir haben derzeit vierzehn Anlagen in der Planung, was glauben Sie, gegen wie viele es Widerstand gibt?“

„Vierzehn?“, rate ich.

„Bingo! Die Leute wollen keine Atomkraft, kein Fracking, keine Kohlekraftwerke. Sie wollen Windkraft, aber bitte nicht bei ihnen im Ort oder da, wo sie die Anlagen sehen können. Wir sind ein Industrieland, wir brauchen Energie, da muss man sich eben mal für etwas entscheiden und im Zweifel auch mal Nachteile in Kauf nehmen. Wir versuchen, vor Ort mit den Bürgern ins Gespräch zu kommen. Der Weg führt oft über die Gemeinde. Wenn man der Gemeinde etwas anbieten kann, wie etwa regelmäßige Pachtzahlungen, dann ist der Widerstand schon geringer und wird oft vor Ort in Ordnung gebracht.“

„Und wenn nicht?“, frag ich.

„Dann wird es teurer für uns, und wir müssen da zusätzlich investieren, etwa in Projekte für die Naturschützer. Wir haben schon Feuchtbiotope angelegt, um eine Windkraftanlage zu bauen, verrückt – oder?“

„Ist es Ihnen schon mal passiert, dass gar nichts ging?“

„Sie meinen, dass wir ein Projekt abgebrochen haben?“

„Ja, zum Beispiel.“

„Nein, wir haben immer Mittel und Wege gefunden, unsere Ziele im Interesse unserer Investoren zu erreichen. Dafür ist dann der Projektmanager vor Ort zuständig. Der hat ein besonderes Budget, mit dem er gewisse Bedenken und Widerstände ausräumen kann.“

„Wie heißt denn der Projektmanager für die Anlage in Echzell?“, will ich wissen.

„Das ist der Wolfgang Klipper, unser bester Mann, der setzt

seine Projekte deutlich schneller um als alle anderen Kollegen."

Ich erfahre noch, dass er ein kleines Büro in Echzell gemietet hat. Genau da fahre ich jetzt hin.

Wolfgang Klippers Büro befindet sich im Gebäude einer alten Druckerei. Auch hier ein imposantes Messingschild. Das Büro selbst ist ein schmuckloser Raum. Ein Besprechungszimmer schließt sich an, darin ein grauer Konferenztisch und schwarze Plastikstühle.

„Hier sind wir ungestört!", sagt Klipper zu mir und ruft seiner Sekretärin zu, dass er jetzt nicht erreichbar ist.

„Der Tod von Malte Reiffenberg hat Sie ja bestimmt tief getroffen", fang ich mal mit einer anderen Tour an.

„Auch wenn Sie es nicht glauben, ich mochte den Mann!", überrascht mich Klipper, und ich habe nicht das Gefühl, dass er lügt.

„Der Reiffenberg", fährt er fort, „war geradeheraus und hat nicht so rumgeeiert wie viele von diesen selbst ernannten Tierschützern. Sie glauben gar nicht, mit was für Leuten wir zu tun haben!"

„Och", gebe ich zurück, „vielleicht mit Mördern, Totschlägern oder sonstigen Gaunern, wie ich?"

„Ja, klar, das ist natürlich was anderes. Was ich sagen will, ist, dass viele dieser Naturschützer sich unheimlich besorgt geben und gerade so tun, als würde das letzte Einhorn durch unsere Anlagen zugrunde gehen. Man kann gar nicht glauben, wie schnell solche Überzeugungen abgelegt werden, wenn der Preis stimmt. Die wissen genau, dass sie mit ihrem Widerstand Windräder nicht verhindern können, sie können sie aber aufhalten, und das kostet Geld, viel Geld. Unsere Investoren wollen Geld verdienen, und wenn man nebenbei die Erde vor der Sintflut bewahrt, umso besser. Fledermäuse und Rotmilane sind den meisten dagegen egal, vor allem, wenn das die Rendite gefährdet."

„Und wie gehen Sie damit um?"

„Um es klar und deutlich zu sagen: Wir kaufen uns frei. Das Problem ist, dass das immer teurer wird. Die Gruppen sprechen sich untereinander ab und treiben so den Preis nach oben. Weil die viel mehr Zeit haben als wir, werden die Nebenkosten immer höher."

„Bereichern sich da die Leute?"

„Nein, wo denken Sie hin? Das sind alles höchst ehrenwerte Erpresser. Die konkurrieren miteinander, wer das meiste rausholt. Wer hat den größten Teich, das schönste Biotop ausgehandelt? Alles schön gegen Rechnung, so können wir diese ‚Nebenkosten' wenigstens von der Steuer absetzen."

„Und der Reiffenberg?", frage ich, um wieder auf den Fall zu lenken.

„Ja, der Reiffenberg, das war so einer, der kein Rechts und kein Links kannte. Der ging nur geradeaus, Kompromisse machte der nicht!"

„Das heißt, die Anlage in Echzell hätten Sie nicht bauen können?"

„Das kann man so nicht sagen. Der Bau hätte sich eben verzögert. Wir wollten ursprünglich noch in diesem Herbst bauen, aber durch die Einsprüche und die gerichtlichen Verfahren kann sich so ein Bau leicht um ein Jahr verschieben."

„Und dann wäre es eng mit der Finanzierung geworden?", bringe ich meine Erkenntnisse vom Mittagessen an.

„Nein, mit der Finanzierung nicht, aber mit der Rendite für die Investoren. Die sind scheu wie Schmetterlinge, die fliegen sofort weg, wenn der Nektar woanders süßer ist."

„Um welche Summen geht es eigentlich?", frage ich.

„Eine Anlage mit drei Windrädern liegt so bei knapp zwölf Millionen Euro."

„Wenn da Zinserwartungen dahinterstehen, bedeutet eine Verschiebung um ein Jahr einen Verlust von mehr als 800 000 Euro“, rechne ich schnell.

„Das Problem ist, dass die Leute in eine spezielle Anlage investieren und genau hier ihre Anteile haben. Da kann jeder sich seine Windkraftanlage anschauen, das ist für viele Kleinanleger wichtig. Wir organisieren sogar Ausflugsfahrten zu den Windrädern. Wenn wir nicht bauen, also das Geld direkt ausgeben, dann können wir es irgendwo parken, aber Sie wissen ja, wie hoch, oder besser, wie niedrig die Zinsen derzeit sind.“

Allerdings weiß ich das, ich überlege mir schon, mein Gespartes unters Kopfkissen zu legen, dann kann ich wenigstens zuschauen, wie es weniger wird.

„Wissen Sie, wer noch zu dieser Bürgerinitiative gehörte?“, frage ich noch.

„Nein, tut mir leid, die stellen sich selten vor, wenn sie ihre Transparente entrollen.“

Das macht nichts, denn der Jockel hat mir längst die nötigen Informationen besorgt. Der ist so gut vernetzt in der Protestbewegung unseres Dorfs, dass er besser ist als jeder Computer des BKA.

Katja Klein heißt der andere Teil der Protestdoppelspitze. Laut Jockel bestand die ganze Bewegung eigentlich nur aus Reiffenberg und dieser Frau Klein. Die anderen haben einfach nur unterschrieben und sind manchmal mit auf Veranstaltungen gegangen, vor allem, um ihr Gewissen zu beruhigen und dann wieder übers Wochenende nach Mallorca zu fliegen.

Katja Klein wohnt im Neubaugebiet am Dorfrand. Ihr Mann ist Arzt und arbeitet in der Uniklinik in Gießen. Geht früh aus dem Haus und kommt spät heim. Drei Kinder zwischen vier und acht. Sind aus Leverkusen in die Wetterau gezogen, um die Kinder in einer gesunden Umwelt aufwachsen zu lassen. Da stört so eine Windkraftanlage natürlich empfindlich.

Das Haus der Kleins zeigt deutlich, dass hier gut verdient wird. Ein hoher Zaun umschließt einen großen Garten, in dem die typischen Utensilien einer Familie mit Kindern liegen: Bobbycar, Roller, ein Trampolin. Neben einem mit Folie abgedeckten Swimmingpool liegen ein paar Schwimmnudeln. Frau Klein meldet sich per Wechselsprechanlage.

Ich sage ihr, dass ich von der Polizei bin, und der Summer ertönt.

Die Haustür ist mit einer Kette verriegelt, und Frau Klein lässt sich erst mal meinen Ausweis zeigen.

„Ich habe Angst, seit Malte so umgekommen ist. Den Typen von BavariaWind ist doch alles zuzutrauen."

Sie bietet mir einen Kaffee an, der total lecker schmeckt. Sie hat so eine moderne Kaffeemaschine, die die Bohnen frisch mahlt und eine Crema erzeugt, da möchte man sich reinlegen. Als sie fragt, ob ich noch eine zweite Tasse will, sage ich vielleicht etwas zu schnell Ja.

Die Kinder sind auch alle im Esszimmer, die zwei größeren spielen auf dem Fußboden, die Kleine hat Frau Klein auf dem Schoß.

„Windkraft", sagt sie, „ist als erneuerbare Energie unverzichtbar. Sie wird aber problematisch, wo natürliche Lebensräume gestört werden, und für Menschen gefährlich, wenn Abstandregeln bei der Standortwahl nicht eingehalten werden."

„Das sehen Sie hier?", frage ich.

„Das ist hier doch eindeutig der Fall. Die Hauptgefahr geht von den permanenten Infraschall-Emissionen einer solchen Anlage aus. Wir unterscheiden Infraschall hoher Stärke, der wirkt sich bis in eine Entfernung von eineinhalb Kilometern aus, und Infraschall niedriger Stärke, der wirkt sogar bis in eine Entfernung von zehn bis fünfzehn Kilometern."

„Tut mir leid, ich bin kein Physiker, was bedeutet das?"

„Der Infraschall hoher Stärke erzeugt spürbare Vibrationen, die bei längerer Einwirkung Gewebeveränderungen in der Lunge und anderen Organen auslösen. Wollen Sie Krebs kriegen von diesen Windmonstern?", fragt sie mich direkt. „BavariaWind bestreitet die schädlichen Auswirkungen der Windkraft und kommt mit ärztlichen Gutachten, die wer weiß wie alt und wer weiß wo gekauft sind. Wir wollen mit unseren Aktionen den Leuten die Augen öffnen. Malte war da sehr aktiv. Es gab niemanden, der unsere Sache so gut vertreten konnte wie er. Er fehlt jetzt schon. Ob ich allein weitermache? Ich weiß nicht, ob ich das schaffe. Wenn, dann tue ich es nur für die drei." Sie zeigt auf ihre Kinder. „Die Kinder sollen in Frieden und in einer intakten Umwelt aufwachsen. Wir müssen weitermachen, sonst hätte Maltes Tod keinen Sinn!"

„Wie meinen Sie das? Haben Sie den Verdacht, dass BavariaWind mit dem Tod von Malte Reiffenberg zu tun hat?"

„Da bin ich mir absolut sicher. Den Typen ist einfach alles zuzutrauen, wenn nachher nur die Rendite stimmt."

„Wurden Sie denn von Mitarbeitern von BavariaWind bedroht?"

„Direkt bedroht nicht. Aber wenn Sie diese Typen sehen, dann wissen Sie doch schon alles!"

Das wäre schön, wenn unser Job so einfach wäre wie das Weltbild von Katja Klein, denke ich, als ich mich von ihr verabschiede.

10.

Am Abend fahre ich zu Manni, weil der mir ja noch den Umschlag zeigen wollte, und am Benz muss die Kupplung nachgestellt werden. Wie ich so in den Hof fahre, ist es dort mucksmäuschenstill, kein Manni, obwohl der sein Schrauberreich nur ungern verlässt. Ein paar Rostlauben stehen auf dem Hof, in der Ecke das knallrote Käfercabriolet vom Reiffenberg. Ich geh hin, weil die Fahrertür nur angelehnt ist und ich mir denke, dass der Manni da drin rumschraubt. Aber kein Manni, dafür sieht das Handschuhfach ziemlich lädiert aus. Es ist so dilettantisch aufgebrochen, dass das keinesfalls die Arbeit vom Manni sein kann. Jetzt mach ich mir doch etwas Sorgen. Ich nehme mir einen großen Schraubenschlüssel, weil meine Waffe wieder mal im Schreibtisch im Büro liegt.

In Mannis Schreibstube finde ich den dazugehörigen Inhaber. Der liegt neben seinem Werkzeugschrank und blutet wie ein Schwein. Hände und Füße sind mit Klebeband umwickelt, über dem Mund prangt ebenfalls so ein Streifen. Er sagt irgendetwas, das ich aber nicht verstehen kann wegen des Klebestreifens.

„Ich versteh dich nicht, Manni", rufe ich und irgendwie verdunkelt sich sein Blick. Ich beeil mich also damit, dass er den Knebel loswird. Er saugt die Luft ein wie einer, der gerade vor dem Ertrinken gerettet wurde.

„Mann, das wurd aber aach Zeit. Ich liech hier schon seit zwe Stundn", sagt der Manni. Er hält sich das nasse Handtuch, das ich ihm aus dem Badezimmer geholt habe, an den Schädel.

„Was ist denn passiert?", frage ich.

„Keene Ahnung. Das Delefon ging, ich bin ins Büro un nehme ob, da war es schon wieder ofgelegt. Grad wie ich im Hof draußen war, hat's nochmol geglingelt. Ich wieder rein, do hot jemand nochn Emil verlongt. Hier ist ke Emil, sach ich. Er wollt aber unbedingt en Emil sprechen un dass es total wichtich sei un dass er bestimmt hier sei. Un plötzlich hab ich Sternschen gesehn, weil mor jemand das Licht ausgegnipst hat. Ich weeßnich, wie long ich bewusstlos war, vielleicht nur e poor Minuten, dann hab ich drauf gewortet, dass mich jemand find."

„Hast du die Stimme erkannt?", frage ich.

„Nee, es had sich älder angehört, e Mann. Boah, mir dud de Birne vielleichd weh!"

„Soll ich einen Krankenwagen für dich bestellen?", frage ich, und der Manni wägt die Perspektiven ab: Die Nacht von jungen Krankenschwestern umsorgt, die sich hingebungsvoll um das Opfer übler Kriminalität kümmern, oder den Abend beim Günni und die Nacht allein zu Haus.

„Isch glob, 'sis besser, ich loss mich mol durchscheggen, mir geht's wirglisch nich besonders gud", sagt er.

Er sagt mir noch, wo er den Umschlag versteckt hat. Man möchte es nicht glauben: hinter dem Spiegel im Klo.

Acht Minuten später kommt das Rote Kreuz mit Blaulicht auf den Hof gefahren. Ich rufe noch die Kollegen von der Spurensicherung an, die das Büro und den Hof nach verwertbaren Spuren absuchen sollen. Dann gehe ich endlich nach Hause.

Dort empfangen mich Anna Netrebko und Rolando Vilazon, das Traumpaar der Oper. In einem Duett singen sie die Arie aus Dvoraks Oper Rusalka. Als die Harfe einsetzt, bietet sich die Gelegenheit, mich bei den Damen bemerkbar zu machen. Zu zweit bewachen sie den Lautstärkeregler der Anlage, um die Oper vor unautorisierten Eingriffen in das dramatische Geschehen zu schützen.

Als ich der Tante Jutta aber mit Neuigkeiten winke, stellt sich quasi sofort per Knopfdruck Mucksmäuschenstille im ganzen Haus ein. Ich erzähle, was ich den Tag über herausgefunden habe, denn die Tante und die Mutti sind meine besten

Ratgeber. Den Bankräubern bin ich im letzten Jahr nur durch den Spürsinn von der Tante Jutta auf die Schliche gekommen. Ich kann natürlich mit dieser Unterstützung nicht hausieren gehen, und die alten Damen behalten das sowieso für sich und freuen sich, wenn der ganze Ruhm auf mich fällt.

11.

Vorsichtig mach ich den Umschlag auf und ziehe einige Blätter handschriftlich beschriebenes Papier hervor.

„Wie die braune Vergangenheit noch heute unser Leben beeinflusst. Eine persönliche Abrechnung zum 9. November von Malte Reiffenberg", lese ich laut vor …

„‚Das Gewebe dieser Welt ist aus Notwendigkeit und Zufall gebildet.' Dieser Satz aus Goethes Wilhelm Meister könnte auch für mein Leben stehen.

Ist es ein Zufall, dass es mich hierher, in die tiefste Wetterau, verschlagen hat? Aus der Metropole aufs flache Land?

Ist es ein Zufall, dass ich hier auf die treffe, die das Leben unserer Familie so maßgeblich beeinflusst hat?

Warum muss das, woran ich glaubte, auf so nachhaltige Weise auf den Prüfstand gestellt werden?

Mir bricht das Fundament weg und zugleich die Stützpfeiler, die das Gerüst meines Lebensgebäudes darstellen.

Das, woran ich geglaubt habe, ist zerstört.

Habe ich irgendwann einmal richtig gelegen in meinem Leben?

Man sagt, Geschichte wiederholt sich nicht – aber sie holt dich ein. Wenn sie dich nicht einholt, dann holt sie deine Kinder oder die Kinder deiner Kinder ein.

Mich holt die Geschichte meines Großvaters ein.

Ich sehe ihn noch vor mir, einen grauhaarigen Mann. Bis ins hohe Alter hielt er sich gerade, mit durchgedrücktem Rücken ging er durch die Welt. ‚Er hält sich aufrecht', sagte die Familie, ‚ein Herr' sagten die, die ihn kannten.

Für mich war er der Großvater. Opa oder Opi gar wollte er nicht genannt werden, auch nicht, als ich noch kaum sprechen konnte. Er war eitel. Das ‚Groß' in Großvater war ihm genauso wichtig wie das ‚Vater'.

Für mich war er mehr, viel mehr. Er war der Anker in meinem Leben. Er war der, der Zeit für mich hatte, wenn Mutter im ‚Geschäft' arbeitete. Wenn Vater wieder irgendwo in der Welt Verträge aushandelte und der Bruder daran arbeitete, mein Vorbild zu sein. Linus, mein fünf Jahre älterer Bruder, ergötzte sich daran, wenn meine Mutter sagte: ‚Nimm dir doch ein Beispiel an Linus' oder Vater, der mich gar nicht erst ansprach, am Esstisch klagte: ‚Ich versteh das nicht. Als Linus so alt war wie er, da hat er doch auch …, warum kann er nicht so wie sein Bruder sein?'

Der Großvater nahm mich in Schutz, er gab mir Kraft und Selbstvertrauen und war so davon überzeugt, dass ich meinen eigenen Weg gehen würde – ich müsse ihn nur noch finden –, dass ich schließlich selbst davon überzeugt war.

Großvater hatte Zeit, wenn andere mich wegschickten. Er hörte meinen albernen Kindergeschichten zu, wenn andere die Augen verdrehten. Er beantwortete jede meiner Fragen, als würden sie dazu beitragen, große Probleme zu lösen. Er verlor auch nach dem fünften ‚Warum?' nicht die Geduld, auch wenn schon klar war, dass das Kind nur testen wollte, wie weit es gehen konnte.

Und die Geschichten, die Großvater erzählen konnte! 1910 geboren in Memel, das heute in Litauen liegt. Damals gab es noch Kaiser und bunte Uniformen, man war von Adel und hatte die Voraussetzung, zur ‚Gesellschaft' zu gehören. Personal war im Haus, und man führte ein sorgenfreies Leben.

Dann kam der große Krieg und der Verlust des ganzen Vermögens. Memel war nicht mehr Teil Deutschlands, und die ganze Familie siedelte im Frühjahr 1919 in die Wetterau über. Großvater klagte nicht, er erzählte den Umzug in eine andere, kältere Welt, wie man die Geschichte eines Fremden erzählt und nicht wie die eigene. Später, Anfang der Dreißigerjahre, arbeitete er als Verwalter auf einem Hofgut, das wäre fast wie früher gewesen, mit Pferden und Stallungen und großen Feldern und fruchtbaren Böden und Ernten, die von hundert Händen eingebracht wurden.

Dann kam wieder ein Krieg, und alles war zerstört, und man musste wieder weg und landete in der großen Stadt, die noch zerstörter war als das flache Land, wo man aber neu anfangen konnte.

Eine glückliche Fügung, ein Erbe in Form von vier wertvollen Bildern, kam gerade recht, um mit dem Verkauf der Kunstwerke eine neue Existenz aufzubauen. Das war gelungen, wir lebten in einer schönen Villa im Frankfurter Westend, auch wenn wir auf Hauspersonal verzichten mussten.

Die Beziehung zum Großvater trübte sich ein, als ich politisch bewusster wurde und eine Lehrerin in der Oberstufe den Nationalsozialismus zum Thema machte. Die Begeisterung für die Lehrerin, in die ich ein bisschen verliebt war, vermischte sich mit einer Protesthaltung gegenüber allen Autoritäten. Ich war wie jeder Fünfzehnjährige, aber Großvater hatte plötzlich kein Verständnis mehr für meine Argumente und meinen nachgetragenen Widerstand gegen die braune Diktatur. Am Anfang fand ich es noch belustigend, wenn er davon sprach, dass die zwölf Jahre auch ihr Gutes gehabt hätten. Ich habe mich dann zu einer Studienfahrt nach Auschwitz angemeldet und kam als ein Anderer zurück. Als er dann von dem Unglück sprach, das die Juden über uns gebracht hätten, und dass die noch immer viel zu viel Macht in der Welt hätten, da brach es aus mir heraus. Er sei ein alter, verkappter Nazi, und ich wolle mit ihm nichts mehr zu tun haben. Ich seh ihn noch wie heute, er winkte nur ab und sagte: ‚Wenn du wüsstest, woher dein Brot kommt.' Damals verstand ich ihn nicht, heute weiß ich, was er meinte.

Es war ein Band zerstört, wir gingen dem Thema aus dem Weg, die alte Herzlichkeit war für immer verloren.

Mein Großvater Walther von Wucklow starb am 5. August 2003, drei Tage nach seinem dreiundneunzigsten Geburtstag. Fast genau auf den Tag zehn Jahre später sollte ich die ganze Geschichte meines Großvaters erfahren …

Die Arbeitsgruppe Stolperstein ging mir zu lahm voran, da waren so viele Befindlichkeiten, auf die man immer wieder hätte Rücksicht nehmen sollen. Dabei zeigte doch der braune Mob bereits bei uns im Dorf seine fiese Visage.

Im Nachbardorf hatte ein Hobbyhistoriker ein Buch darüber verfasst, wie es zur Machtübernahme in der Region kam. Hier waren die Nazis schon vor 1933 höchst erfolgreich. Ich ging zu seinem Vortrag, und es erwischte mich wie ein elektrischer Schlag.

Der Autor erzählte von einer Begebenheit auf dem großen Hofgut im Nachbardorf während der Pogromnacht. Der Verwalter war ein fieser Typ, der alle schikanierte, die ihm nicht braun genug erschienen. Später drangsalierte er Zwangsarbeiter und Kriegsgefangene, und Juden hat er der Gestapo ausgeliefert.

Der Verwalter war niemand anderes als mein eigener Großvater. Es war nicht schwer, weiter zu forschen, auf einmal schließt sich ein Kreis.

Die alte Helene Finkernagel erzählte mir, dass ihre Familie mithilfe meines Großvaters an die ersehnten Ausreisepapiere kam. Das war noch vor der Pogromnacht, im Sommer 1938. Es waren aber weder Nächstenliebe noch Zivilcourage, die meinen Großvater motivierten. Es waren vier wertvolle Ölgemälde, dazu der Rest an Bargeld, der den Finkernagels geblieben war, und der Familienschmuck, die den Besitzer wechselten.

‚Wir sind aus Echzell weg mit nichts als dem, was wir am Leib trugen, und einem kleinen Koffer. Aber wir blieben am Leben, das war damals schon viel.‘

Die Bilder hatte Großvater nach dem Krieg zu Geld gemacht und mit dem Kapital den Grundstein für seine Firma gelegt. Das war der Samen, aus dem das Brot wächst, von dem ich esse. Ich hätte kotzen können.

Ich kann und ich will mit diesem Erbe nicht leben, und andere sollen das auch nicht. Am Sonntag war ich in der Villa in Frankfurt. Ich habe mit Vater gesprochen. Das Unrecht, das Großvater angerichtet hat, muss gesühnt werden. Wir müssen Helene Finkernagel das zurückgeben, was ihr gehört. Vater hat nur gelacht. ‚Dann können wir die Firma dichtmachen, das Haus verkaufen und Sozialhilfe beantragen.'

Das ist mir egal, einmal muss Schluss sein mit den Lügen!"

„Wenn sich da kein Mordmotiv offenbart", sage ich, „da passt manches zusammen. Wahrscheinlich war auch einer der Reiffenbergs der ungebetene Gast bei Manni, vielleicht sogar der ältere Bruder, der …", jetzt muss ich in meinem Notizbuch nachschauen, „ja, der Linus."

Das sehen die Mutti und die Tante Jutta genauso. „Denk nur an die biblische Geschichte von Kain und Abel."

Die Tante Jutta hat allerdings ihre Zweifel, ob die Aufzeichnungen von Malte Reiffenberg und die dahinter stehende Absicht für ein Mordmotiv reichen.

„Selbst wenn der Malte Reiffenberg an die Öffentlichkeit gegangen wäre: Das hätte noch lange nicht bedeutet, dass die Familie Reiffenberg das gestohlene Vermögen hätte zurückgeben müssen. Helene Finkernagel hätte sich schon in einem Rechtsstreit ihr Vermögen zurückholen müssen. So ein Prozess dauert Jahre, und Helene ist zweiundneunzig. Ob die dazu die Kraft hätte, so was durchzustehen, da hab ich meine Zweifel. Ich werd mal rüber zu Helene gehen und mit ihr sprechen", ruft die Tante, schnappt sich ihren selbst gestrickten Pullover und schlingt sich noch einen lila Schal um.

„Ich geh noch zum Jockel", sag ich, aber die Mutti hält mich am Ärmel fest.

„Du denkst doch noch daran, dass wir am dritten Oktober Gäste aus der Partnerstadt kriegen."

Au Mann, fast hätte ich's vergessen. Die deutsch-deutsche Partnerschaft wird besonders am Nationalfeiertag hochgehalten. Da bekommen wir zwei Übernachtungsgäste, und weil die Mutti Vorsitzende vom örtlichen Partnerschaftsverein ist und sich wirklich für diesen Austausch einsetzt, kommen natürlich auch die Honoratioren zu uns. Diesmal der Bürgermeister und der Pfarrer.

„Da wollen wir es doch besonders schön haben", sagt die Mutti. „Wir müssen auch noch das Besuchsprogramm zusammenstellen."

„Wir?", frage ich.

„Na ja", sagt die Mutti, „wir helfen dir, und du hilfst uns."

Ja, umsonst gibt's eben nichts auf der Welt. Aber dass ich für dieses lange Wochenende mein altes Kinderzimmer renovieren soll, finde ich doch reichlich übertrieben.

„Schau mal", sage ich, „mein altes Kinderzimmer könnte doch auch mal wieder zu neuen Ehren kommen."

„Ach, Bub, du bist 37, das wird kei kleines Kind mehr brauche. Außerdem, wenn so ein Würmchen in der Wiege liegt und uff die Poster von AC/DC und Nirvana guckt, das würde doch Depressione griesche", verfällt sie wieder in den Wetterauer Dialekt.

Nun, wenn ich ehrlich bin, muss ich sagen, dass auch die dunkelrote Raufasertapete kaum zur gedeihlichen Entwicklung eines jungen Menschen beitragen würde.

„Weiß streichen und danach neue Möbel", sagt die Mutti. „Das Streichen übernehme ich mit der Jutta, da bist du befreit, aber zum Einkaufen brauch ich dich. Und am Freitag geht's zu IKEA nach Hanau. Ich hab schon im Katalog so eine tolle

Liege ausgesucht, auf der man zu zweit bequem drauf schlafen kann."

„Da brauche ich einen Bus", jammere ich.

„Ja, den kannst du dir gleich beim Manni ausleihen."

Oje, der Freitag ist gelaufen, und am Samstag hatte ich was ganz Besonderes vor. Da fällt mir der Manni wieder ein, deshalb rufe ich noch schnell im Krankenhaus an. Aber vorher esse ich noch die Reste von den Beulches vom Wochenende, sonst kommen die noch um, und das wäre echt schade.

12.

Am Mittwochmorgen fahr ich dann zum Manni ins Krankenhaus nach Friedberg. Dabei hab ich ein großes Stück Zwetschgenkuchen, den die Jutta gestern gebacken hat. Das Stück ist vom Kaffeekränzchen übrig geblieben.

„Domidisnich zu spoßen!“, ruft mir der Manni schon entgegen, als ich zur Tür hereinkomme. Den Kopf dick verbunden, sieht er echt scheiße aus. Sein Gesicht ist bleich wie die Wand.

„Isch hob ne schwere Gehirnerschüdderung und muss storge Medigamende nehmn“, jammert er. Seine Hoffnung auf eine liebevolle Pflege durch großbusige Schwestern hat sich auch nicht erfüllt. Stattdessen kommt ein Pfleger von rund 100 Kilo herein und bereitet die Visite vor.

„Ich werd dir gleich Bescheid sagen, wenn es etwas Neues gibt“, sage ich und haue wieder ab. Dabei höre ich den Pfleger noch im schönsten Schwestern-Wir sagen: „Na, wie geht’s uns denn heute Morgen, Herr Kaltschnee?“ Na bravo.

In der Polizeidirektion gibt es Neuigkeiten von der Spurensicherung. Der Pfahl war eigentlich mal ein Stützpfahl für einen hochstämmigen Apfelbaum und stammt mit ziemlicher Sicherheit aus Nidda, das auf der anderen Seite des Wannkopfs liegt. Der wurde von einer Streuobstwiese geklaut und dann hinter der Bikerrampe eingeschlagen. Mit einem Beil wurde der Pfahl angespitzt, die Feinarbeiten hat der Täter dann mit einem scharfen Messer gemacht. Wenn er einigermaßen mit dem Werkzeug umgehen konnte, hat das alles nicht länger als fünf Minuten gedauert.

„Der Täter“, sagt der Kollege von der Spurensicherung, „dürfte von Nidda aus mit dem Rad oder zu Fuß über den Wannkopf gekommen sein. Vielleicht hat er den Pfahl vorher schon bereitgelegt. Auf jeden Fall hat er darauf gewartet, dass der Reiffenberg mit dem Rad den Berg hinauffährt. Dann blieben ihm so etwa 10 bis 12 Minuten, bis der Reiffenberg an Ort und Stelle war. Weil da nach unseren Befragungen morgens nicht viel los ist, konnte er ziemlich sicher sein, den Richtigen zu treffen. Von wo aus er den Reiffenberg beobachtet hat, kann man nicht so genau sagen. Versteckmöglichkeiten gibt es ja in so einem Wald jede Menge." Erwartungsgemäß gab es am Pfahl keine DNA-Spuren, natürlich außer denen vom Reiffenberg.

Beim Manni sieht es, was Spuren betrifft, nicht anders aus. Er wurde mit einem Holzknüppel niedergeschlagen und das Handschuhfach mit einem Stemmeisen aufgehebelt, das aus Mannis Werkstatt stammt. Der oder die Täter haben offenbar etwas Bestimmtes gesucht, zumindest ging es nicht um Geld. In einer der Büroschubladen lagen unberührt 150 Euro. Das Büro ist durchwühlt worden, in die Privaträume sind die Täter nicht gekommen. Vielleicht wurden sie gestört. Als ich zum Manni kam, lag er schon zwei Stunden da, also muss jemand anderes die Täter gestört haben.

„Da werde ich noch mal die Nachbarschaft befragen müssen", sage ich. „Ich hab da schon eine Idee."

Inzwischen ist die Leiche vom Reiffenberg zur Beerdigung freigegeben. Am Donnerstagnachmittag um vier ist die Trauerfeier auf dem Frankfurter Hauptfriedhof. Die machen das extra so spät, damit die Lehrer und Schüler teilnehmen können.

Am nächsten Tag mische ich mich unter die Trauergäste. Die Mutter vom Reiffenberg ist tiefschwarz gekleidet mit einem Schleier vor dem Gesicht. Daneben ein älterer Herr mit schlohweißem, vollem Haar und strengem Scheitel und ein jüngerer Mann im dunkelgrauen Anzug mit blonden, deutlich zurückgehenden Haaren, offensichtlich der Vater und der Bruder. Kerstin Berg ist auch da, sie trägt ebenfalls einen Schleier, neben ihr Schulleiter Dr. Meindel. Die Schule hat vermutlich zwei Busse organisiert, insgesamt sind rund hundert Lehrer und Schüler da, dazu noch einiges an Verwandtschaft. Die Trauerhalle ist groß genug, dass ich mich in die hinteren Reihen setzen kann. Als der Pfarrer spricht, geht ein Schluchzen durch die Reihen. Ja, der Reiffenberg, der hatte noch viel vor. Aber irgendjemandem hat das wohl nicht geschmeckt. Das sagt auch die Tante Jutta, die, genauso wie der Jockel, unbedingt mit auf die Trauerfeier musste.

Zum Grab gehen nur wenige Schüler mit. Die wollen wohl die Situation vermeiden, persönliche Worte an Eltern und Bruder zu richten. Mir selbst geht das auch immer so. Da stehen dann die trauernden Angehörigen und müssen sich immer wieder die gleichen Floskeln anhören, dazu mag ich echt keinen Beitrag leisten.

Andererseits ist es für mich wichtig, einem Menschen, den ich kannte, die letzte Ehre zu erweisen. Ja, ich gehe zu den Trauerfeiern im Dorf, um noch mal persönlich Abschied zu nehmen von Leuten, die ich schon mein ganzes Leben kannte. Im Sommer ist der alte Gerlach mit über neunzig gestorben. Uns Kinder hat er immer gepiesackt und wir ihn. Er hatte die schönsten Kirschen im Dorf, und Jockel und ich, wir waren die größten Kirschenkenner. Auch wenn da ein Zaun war. Klar, dass wir Gerlachs Kirschbaum zur Erntezeit besuchten, und genauso klar war es, dass Gerlach das zu verhindern suchte. Fünfjährige Jungs sind aber sehr flink, flinker als alte Männer. Nur einmal hatte er mich dann doch am Schlafittchen. Man erzählte sich viel im Dorf über diesen allein lebenden Mann mit dem im Krieg verletzen Bein, und ich hatte eine Riesenangst. Mit einer Hand hob er mich hoch und schüttelte mich. Ich habe mir glatt in die Hosen gepinkelt. Danach haben wir Gerlachs Kirschen nur noch von Weitem angeschaut. Hoch angerechnet aber habe ich ihm, dass er nie etwas zur Mutti gesagt hat. Bei der Beisetzung vom Gerlach fiel mir die Geschichte wieder ein, und ich habe sie der Mutti erzählt.

„Ich weiß!“, sagte sie. „Er kam damals gleich angerannt. Ich hab ihm drei Groschen in die Hand gedrückt und gesagt, dass ein kleiner Bub ja kaum mehr als für 30 Pfennig Kirschen essen kann und dass er sich nicht so aufregen soll, er hat doch als Kind sicher auch Kirschen geklaut. Das war dem dann ganz schön peinlich.“

„Du hast nie was davon erzählt und auch nie geschimpft!“

„Ach, Bub, was sollte ich da schimpfen, die Kirschen waren doch auch wirklich lecker. Wenn ich jünger gewesen wäre, dann wäre ich selbst über den Zaun geklettert. Außerdem warst du doch mit der nassen Hose schon gestraft genug!“

„Das weißt du auch?“

Da hat sie mich nur angeschubst und den Kopf schief gelegt.

Am offenen Grab stehen Vater und Mutter Reiffenberg und der Bruder und nehmen die Beileidsbekundungen entgegen. Kerstin Berg steht lange da und umarmt dann die Mutter. Vater und Bruder reicht sie nur kurz die Hand. Und dann kommt noch Lindita Peleshi. In der Kapelle habe ich sie gar nicht gesehen. Sie geht ans offene Grab, bleibt kurz stehen und wirft dann eine rote Rose auf den Sarg. Dann geht sie an den Reiffenbergs vorbei, ohne sie auch nur eines Blickes zu würdigen. Eine stolze junge Frau, die um den Vater ihres ungeborenen Kindes trauert.

Wir fahren gleich nach Hause, weil die Tante heute etwas Besonderes kochen will. Sie wird doch nicht eifersüchtig sein?, frage ich mich. Gestern hat nämlich die Silke für mich gekocht.

„Wenn du wieder mit zum Yoga gehst, dann koche ich auch

was Feines für dich", hat Silke gesagt, und das Wetterauer Weiderind auf Sherrysauce mit Gemüse und Kartoffelgratin war zum Niederknien. Anschließend gab es noch einen Grießpudding mit eingemachten Pflaumen, die habe ich seit ewig nicht mehr gegessen, und plötzlich haben wir uns gefühlt wie vor dreißig Jahren.

Ja, kochen kann die Silke.

Als wir nach Hause kommen, riecht es irgendwie komisch, nur die Musik ist mir vertraut. Johann Strauß lässt im Dreivierteltakt imaginäre Paare über das Wohnzimmerparkett schweben. Das Haus ist beschallt wie die Wiener Hofoper, nur dass dort nicht die Fenster im Kitt klirren.

Als die Mutti dann später zum Essen ruft, hängt mir der Magen schon in der Kniekehle. Meine Freude auf ein deftiges Menü weicht aber dem blanken Entsetzen.

„Was issendess?", frage ich noch einigermaßen höflich. Mein Kollege Walter hätte gleich gesagt: „Also neigetrete bin isch schon öfter, aber gegesse hab isch des noch net!"

„Das ist ein Dresdner Marktfrauenragout!", sagt die Mutti etwas beleidigt.

„Ja, bin ich denn ein hessischer Bulle oder 'ne Marktfrau aus Sachsen?", geb ich zurück.

„Probier doch wenigstens mal!", sagen die zwei wie aus einem Munde.

Mein Gott, wenn der Kohldampf nicht so schlimm wäre. Ich gebe nach und setze mich hin, die zwei schöpfen mir ein. Kartoffeln und Nudeln in einer sämigen Soße, hier und da kann ich einzelne Fleischstücke mit bloßem Auge erkennen.

„Ist das gewollt, dass man das Fleisch mit bloßem Auge erkennt?", frage ich.

Schmecken tut es schließlich nicht so schlecht, wie es aussieht. Ich will aber doch wissen, warum solche gewagten kulinarischen Experimente gemacht werden, statt bei der bewährten und definitiv schmackhafteren Wetterauer Küche zu bleiben.

„Wir üben schon mal für unseren Besuch!“, kommt es von dem Duo.

„Was für ein Besuch?“

„Ei, der aus Meuselwitz.“

„Meuselwitz?“ Ich bin ratlos.

„Na, aus der Partnerstadt Meuselwitz.“

Da fällt mir mein Wochenendprogramm wieder siedend heiß ein. Ich fühle mich krank.

Beim Günni erhole ich mich wieder und ergänze dort auch mein sächsisches Abendbrot mit ein paar von Silkes tollen Frikadellen. Die haben gewiss schon so manchem das Leben gerettet.

13.

Am Freitag stehen wir Punkt neun auf dem Parkplatz von IKEA in Hanau. Der Manni ist wieder daheim und hat uns seinen Sprinter geliehen. Er wäre gern mitgekommen, aber die Schmerzen sind noch zu groß.

Von außen baut sich ein riesiger, blauer Kasten vor mir auf. Innen aber haben irgendwelche Kaufhaussadisten die Wege so eingerichtet, dass man an wirklich jeder Abteilung vorbeiläuft und alles anschauen muss. Und weil Frauen auch im fortgeschrittenen Alter das besondere Einkaufsgen besitzen, schaut sich die Mutti alles ganz genau an, während ich schon mit mir hadere, dass ich mir für diese Kaufhauswanderung keine Brotzeit eingepackt habe. Nach gut zwei Stunden und auf halbem Wege kommt der erste Lichtblick. Ein Restaurant.

Da sitzen sie, Männer aller Altersklassen, ausgelaugt, hohle Wangen, leerer Blick. Das sind die Opfer dieser Kaufhäuser. Opfer, die in keiner Statistik auftauchen. Ich geselle mich zu ihnen und nicke wissend. Ab und zu ertönt eine blecherne Stimme aus dem Lautsprecher, aus dem sonst so lustige Musik dringt. „Klaus Müller, komm bitte zu Kasse vier!" Und wieder macht sich so eine arme Gestalt auf den Weg.

Eine Stunde und einen Teller Köttbullar später mache ich mich wieder auf. Die Demütigung, hier aufgerufen zu werden, will ich mir ersparen. Köttbullar – fürchterlich, wenn Essen so heißt. Das ist so eine Art Hackfleischkugel mit Kartoffelbrei, die den Dresdner Scheußlichkeiten von gestern Abend kaum nachsteht.

Die Mutti treffe ich einen Stock tiefer, wo sie in der Teppichabteilung zwischen Björn und Benni wühlt. Zuvor hat sie ein Sofa gefunden, das den Namen einer schwedischen Hafenstadt trägt. Bei IKEA wirst du nicht nur geduzt, auch die Möbel kriegen hier Namen. Das Regal heißt wie ein russischer Zar, die Lampe heißt Hektar und der Tisch trägt sogar den Namen der schwedischen Hauptstadt. Der sieht übrigens genauso aus wie der, den wir vor drei Jahren nach dem Tod von der Oma auf den Müll geworfen haben.

Gegen vier verlassen wir das Kaufhaus, um unsere Sachen abzuholen. Keine zwei Stunden später lenke ich auch schon den Transporter auf unseren Hof.

Der Jockel wartet seit einer guten Stunde, aber die Tante Jutta hat ihn bestens versorgt, und er kaut noch, als wir die Beute in dem riesigen Kastenwagen betrachten.

„Wow", sagt er.

Der Abend ist gelaufen. Wenigstens haben die Mutti und die Tante Jutta in der Woche das Zimmer gestrichen. Aber jetzt wollen die Möbel aufgebaut werden.

Weitere vier Stunden und zwei gequetschte Finger später ist alles fix und fertig, und ich bin so kaputt, dass ich glatt auf Karlstadt einschlafen könnte.

Da ist der Jockel aber strikt dagegen. Er will jetzt seine Belohnung in Form des hessischen Nationalgetränks. Immerhin „das Beste, was ein Apfel werden kann!".

In der Nacht träume ich von kleinen Männern in blaugelben Trainingsanzügen, die zwischen Tischen und Stühlen Jagd auf mich machen und mich schließlich in einem See aus knallbunten Bällen versenken. Gerade, als ich am Ertrinken bin, wache ich schweißgebadet auf.

Für Samstag hat sich der Till Roman angekündigt. Das muss ich jetzt erklären. Der Till Roman ist nämlich mein Sohn, ganz ohne erste Ehe, einfach so. Ein toller Junge, auch wenn er aus einem Irrtum heraus entstanden ist. Er wurde in einer Mischung aus Begierde und Dankbarkeit gezeugt. Zu seiner Mutter, Isabell, habe ich nur noch wenig Kontakt, und das liegt sicher nicht an mir. Wahrscheinlich bin ich ihr zu schlicht, sie spielt ja auch in einer ganz anderen Liga, und das war schon immer so. Sie ist jetzt standesgemäß verheiratet und lebt in Bad Vilbel, während Till Roman hier im Dorf das Internat besucht.

Das kam damals so: Ich hatte noch nie eine Frau in der Diskothek kennengelernt. Angeschaut, ja! Mal getanzt, ja! Aber das war es dann auch schon so ziemlich.

Ich war mit Jockel und ein paar Fußballkumpels im Red-Dot. Die anderen hatten schon ordentlich was getrunken, ich war der Fahrer und, weil ich gerade bei der Kripo in Friedberg angefangen hatte, nicht nur körperlich topfit, sondern auch kreuzbrav. Ich blieb beim Wasser.

Isabell kam mit einem Typen, dem man schon auf 100 Meter ansah, dass er jede Menge Kohle hatte. Die hatten einen kleinen Tisch bestellt und Champagner im Kühler. Die Flasche zu 120 D-Mark. Neben den Kühler hatte der Typ ganz locker seinen Autoschlüssel gelegt. Damit auch ja jeder sehen konnte, mit was der unterwegs war, hatte er einen Anhänger mit dem Symbol jenes italienischen Sportwagens dran. Seit Schumacher Weltmeister mit diesem Wagen geworden war, kannte jeder die Marke mit dem Pferd. Man konnte richtig sehen, wie dieser Typ die Blicke genoss, die auf ihn, mehr noch aber auf seine Begleitung gerichtet waren.

Isabell war und ist auch heute noch der Typ Frau, der jedem Mann den Atem stocken lässt, wenn sie den Raum betritt. Schwarze, lockige Haare, dunkler Teint, stahlgraue Augen, die jeden Mann bis ins Innerste treffen können, eine makellose Haut, die Nase absolut perfekt, die Lippen voll, eine sportliche Figur und dennoch sehr fraulich. Isabell kommt nicht irgendwo rein, sie hält Einzug. Sie geht nicht durch den Raum, sie beschreitet ihn, wohl wissend, dass hundert Augenpaare auf ihr ruhen und jede ihrer Bewegungen registrieren.

Isabell kam nicht aus der Wetterau, nie zuvor war sie hier

gewesen, das hätten wir gewusst. So wie wir damals wussten, dass sie das Thema der nächsten Tage sein würde. Isabell und ihr Begleiter waren in einer anderen Welt zu Hause. Der Welt der Großstadt, der Welt des Geldes.

Offensichtlich hatte sich der Ruf des RedDot herumgesprochen. Vielleicht wollten sie auch nur Landluft schnuppern. Wahrscheinlich hat der Typ ihr unseren Laden als originelle, schnuckelige Szenekneipe mit folkloristischem Charme empfohlen. Dass es Isabell dennoch nicht gefiel, das konnte man sofort sehen.

Klar war sie es gewohnt, im Mittelpunkt zu stehen, angegafft zu werden. Im RedDot hielten sich die Landeier aber nicht so zurück wie in der Stadt. Und dann gab es noch diese Clique mit den Typen, die man hier gar nicht mag. Schwarze Haare, schwarze Lederjacke, schwarzer 3er-BMW, altes Baujahr. Beschränkter Wortschatz in holprigem Deutsch, wahrscheinlich aus Frankfurt.

Jeder Ort hat so seine Umgangsregeln, schlecht, wenn man sich so gar nicht auskennt. Und genau das traf auf unseren Ferrarifahrer zu. In den Klubs, in denen er sonst verkehrte, blickte man ehrfürchtig auf die Autoschlüssel, man gab sich damit zufrieden, dass man da nicht mithalten konnte.

Die vier Frankfurter Buben sahen das ganz anders, für sie war das RedDot ihr Revier, auch wenn sich das später noch als Irrtum herausstellte.

Zur Freude aller erwischte es den Alexander, denn so hieß der Begleiter der dunklen Schönheit.

„Ich kenn disch, hast du neulich Arschloch zu mir gesagt!"

Alexander drehte sich um, wohl wissend, dass hinter ihm niemand mehr saß. „Das muss ein Irrtum sein, ich kenne Sie gar nicht!"

„Klar, Mann, Mehmet, du warst dabei, stimmt doch!"

„Jo, Mann!"

„Nein, sicher nicht, Sie irren sich beide!"

„Willst du sagen, dass ich lüge?" Das Gesicht der Lederjacke verfinsterte sich.

„Nein, um Gottes willen!"

„Warum du hast Arschloch gesagt?"

„Hören Sie, das war ich nicht!"

Mittlerweile hatte sich ein anderer aus der Gruppe an die Schönheit herangemacht.

„Mit was für Typen bist du unterwegs? Der ist doch voll der Schlappi!"

„Lass mich in Ruhe!"

„Mit mir würde dir so was nicht passieren, ich verteidige die Ehre einer Frau!"

„Verschwinde, habe ich gesagt!"

Mit Jockel schaute ich mir die Szene an, und er fragte, wie lange das wohl noch dauern würde.

„Nicht mehr lange!", sagte ich.

Die Lederjacke fragte den Alexander, ob ihm der Ferrari gehörte.

„Nein, der gehört meinem Vater!"

„Prima, ich sammle nämlich Abzeichen von Auto, so ein Pferd hab ich noch nicht. Wie geht den ab. Mit Messer?"

Panik in Alexanders Gesicht. „Das tust du nicht wirklich!"

„Doch hab ich schon, willst du gucken?"

Bleich rannte Alexander aus der Tür, die Lederjacke hinterher, die drei anderen blieben da, wahrscheinlich dachten sie, dass ihr Kumpel mit dem Papasöhnchen locker alleine fertig würde.

Isabell sah jetzt doch etwas verunsichert aus.

„Ist Flasche, dein Freund!", sagte der, den sie Mehmet genannt hatten, und legte seinen Arm um Isabell.

Die Lederjacke kam zurück. „Der ist abgehauen! Der Typ ist abgehauen und lässt Frau hier allein."

„Sei ein bisschen nett zu uns!“, sagte Lederjacke Nummer eins.

Ich dachte, jetzt würde es langsam Zeit für mich, und schlenderte zum Ort des Geschehens.

„Alles klar, kann ich helfen?“

„He, Alder, verschwinde, sonst gibt’s was!“

Ohne den Typen zu beachten, fragte ich: „Wirst du belästigt?“

Der Typ schob sich jetzt vor mich, ich versuchte, ihn wegzuziehen, und kriegte im gleichen Moment eine aufs Auge.

Boah, das tat weh. Ich atmete kurz durch und sagte dann: „Polizei, gehen Sie sofort zur Seite!“

„Polizei, leck mich!“, sagte er und schlug erneut nach mir, ich konnte mich aber wegducken.

Das war jetzt definitiv Widerstand gegen die Staatsgewalt, der körperlichen Einsatz erforderte. Ich lege meine ganze Kraft in den Schlag und traf Lederjacke unterhalb des Brustbeins. Man konnte richtig sehen, wie die Luft aus dem Typen entwich. Er fing an zu japsen und hielt sich an seinem Kumpel fest. Mehmet kam auf mich zu und kriegte voll eins aufs Kinn. Bevor die beiden anderen das richtig mitgekriegt hatten, forderten Jockel und ein knappes Dutzend Fußballer ihren Spaß bei der Wirtshausschlägerei.

Die ganze Sache dauerte vielleicht 30 Sekunden, dann hielten sich vier Lederjacken Bauch und Backen, umringt von grimmig dreinschauenden Fußballern.

„Alles klar?“, fragte ich die Schöne. „Soll ich dich heimbringen? Dein Freund ist ja wohl schon vorgefahren!“

Zu den Gästen aus der Großstadt sagte ich noch: „Ihr Buben bleibt noch eine halbe Stunde hier, trinkt noch einen Apfelsaft und dann geht’s heim nach Frankfurt oder Offenbach. Und wenn ihr wiederkommt, holen wir unsere großen Brüder, die verstehen nicht so viel Spaß wie wir.“

„Die nächste Runde geht auf mich!", sagte ich zu den Kumpels und war auch schon draußen mit ihr.

Von ihrem Alexander keine Spur, so hatte ich es auch erwartet. Ich lud sie also in meinen acht Jahre alten Golf ein und hätte sie gefahren, wo immer sie hin wollte.

Sie wohnte in Gießen und studierte dort Ökotrophologie, das heißt Haushalts- und Ernährungswissenschaften. Der Alex, erzählte sie mir später, studierte Zahnmedizin und sollte mal die Praxis von Papa übernehmen. Aber der Typ wäre für sie gestorben. Was sie mal machen würde, wüsste sie nicht. „Irgendetwas mit Ernährungsberatung vielleicht."

Wie sie mich an der Wohnungstür fragte, ob ich noch mit raufgehen wollte, sagte ich natürlich nicht Nein.

Sie wollte sich auch mal meine Verletzungen anschauen, ein bisschen würde sie sich damit auskennen, sie hätte Vorlesungen mit den Medizinern zusammen.

So wie von Isabel bin ich noch nie versorgt worden. Aufs Auge legte sie mir ein Steak. Bauch und Brust hatten auch was von den Frankfurter Freunden abgekriegt. Irgendwann sind wir dann im Bett gelandet. Sex aus Dankbarkeit und purer Begierde. Einmal, und das war es dann.

Ich bin noch in der Nacht nach Hause gefahren und hab ihr meine Nummer da gelassen. Vielleicht würde man sich ja mal wieder sehen, geglaubt habe ich aber nicht daran.

Vier Monate war nichts von ihr zu hören, dann kam der Anruf. Sie wäre schwanger, und eine Abtreibung käme bei ihrer katholischen Familie nicht infrage. Mit mir zusammenleben wollte sie natürlich auch nicht, aber ihre Kontonummer hat sie mir gegeben, wegen der Alimente. Gesehen habe ich Till Roman lange nicht. Ich wäre kein guter Einfluss, meinten ihre Eltern.

Die Mutti und die Tante Jutta haben das natürlich ganz anders gesehen. So kam der Kleine wenigstens einmal im Monat in die Bachgasse, um dort nach allen Regeln der modernen Pädagogik verwöhnt zu werden.

Später hat Isabell den Sebastian kennengelernt. Auch er Zahnarzt, genauer gesagt, Kieferorthopäde, das sind die mit der Lizenz zum Gelddrucken. Ferrari fährt der zwar nicht, aber für einen Porsche hat es immerhin gereicht. Isabel ist ganz in der Rolle der Zahnarztgattin und Mutter aufgegangen.

Nach der Geburt der beiden Mädchen wurde Till Roman immer schwieriger.

Sebastian konnte mit ihm nicht viel anfangen und wollte ihn loswerden, weil er dem Familienglück zu viert im Weg stand. Das arme Kind war furchtbar eifersüchtig auf die Zwillinge, und das nicht ohne Grund. Alle Aufmerksamkeit, die bislang nur ihm zuteilgeworden war, ging nun vollständig auf Anna und Maria über.

„Wie soll denn ein fünfjähriges Kind anders reagieren als mit Aggression?“, fragte die Mutti.

Sebastian meinte, das hätte er von seinem Vater. Isabell sagte dann, ich sollte doch mehr Kontakt zu meinem Sohn haben. Das Verhältnis zu seinem leiblichen Vater wäre immens wichtig für ein Kind.

„Die Ziege will ihr Kind abschieben!“, sagte die Mutti ganz gehässig, aber sie hatte recht.

Seit der fünften Klasse ist der Till Roman im Internat hier bei uns im Dorf. Die Vogelsbergschule hat als Lehr- und Erziehungsanstalt einen ausgezeichneten Ruf, der weit über die Wetterau hinausgeht. Hier gehen Kinder zur Schule, deren Eltern viel Geld und wenig Zeit für ihren Nachwuchs haben. Till Roman fühlte sich nun vollends abgeschoben. Wenn seine Mutter ihn alle vierzehn Tage mit dem Porsche abholt, ist er meist ziemlich zickig.

Till Roman kommt jetzt öfter in die Bachgasse. Wenn ich

ehrlich bin, dann besucht er eher die Mutti und die Tante als mich. Er tut sich schwer mit Gleichaltrigen. Oft gibt es Ärger in der Klasse. Till Roman ist ziemlich groß für sein Alter und kann sich so wenigstens körperlich durchsetzen, was ihm aber Ärger mit den Lehrern einbringt. Wenn er bei uns ist, dann spielt er mit der Mutti und der Tante Jutta oft stundenlang Brettspiele. Die beiden haben eine endlose Geduld. Mutti liest ihm oft auch vor, und wenn er bei uns übernachtet, tut er das im Schlafzimmer von der Mutti, die immer noch ihr riesiges Doppelbett hat.

Jetzt am Wochenende wollen wir zusammen an einem Vater-Kind-Treffen teilnehmen. Das organisiert seit Jahren schon der Herbert. Herbert ist alleinerziehender Vater, seit er mit seinen drei Kindern von seiner Frau sitzen gelassen wurde.

Diesmal soll es an die Lahn gehen, wir zelten in einem kleinen Ort direkt am Fluss. Das größte Abenteuer wird aber die Kanutour sein. Wir müssen die Schleusen selbst bedienen, und außerdem gibt es in der Nähe bei Weilburg einen Bootstunnel. Darauf freuen sich die Kinder schon lange und reden die ganze Zeit von nichts anderem als von den Tunnelgeistern. Till Roman freut sich vor allem aufs Zelten. Das ist für ihn mal was ganz anderes. Bei Isabell und Sebastian müssen es mindestens vier Sterne sein, in einem exquisiten Wellnesshotel.

„Für elfjährige Jungen ist das so langweilig wie ein Telefonbuch auswendig lernen!“, hat der Till Roman gesagt und mich gedrückt.

Um neun am Samstag geht es los, um elf sind vier Väter und sechs Kinder am Zeltplatz, zwei Stunden später ist alles aufgebaut, die erste Brotzeit verdrückt und wir sitzen endlich in den Zwei- und Drei-Mann-Booten. Mein Herz schlägt, und ich bin so froh, jetzt mit Till Roman zusammen zu sein.

Außer unserer Vater-Kind-Gruppe hat sich noch eine lustige Keglergruppe, vier Männer, vier Frauen und ein Kind, für ein

Kanuabenteuer angemeldet. Die fahren wohl nicht zum ersten Mal. Sie lassen die Flaschen kreisen, statt wie wir an den Lippen des Anweisers zu hängen.

Später wird sich das noch als Fehler herausstellen.

Die ersten paar Hundert Meter sind gut zu paddeln, dann kommt die erste Schleuse. Ein Vater aus unserer Gruppe klettert die Leiter hoch und öffnet die Schleuse. Langsam sinkt das Wasser, die Schleuse wird geschlossen und die nächste geöffnet, dann kann man weiterpaddeln – so ist das System.

Unsere Kegelfreunde haben mittlerweile schon ordentlich gebechert, und man kann froh sein, dass sie nicht stehen müssen, denn das könnten sie nicht mehr. Mir tut nur der ungefähr vierzehnjährige Junge leid, der inmitten dieser Saufnasen seine Paddeltour gewiss nicht genießt. In der nächsten Schleuse passiert es dann. Bis das Wasser aus dem Schleusenraum abgeflossen ist, dauert es eine Weile. Die Kegler nutzen die Zeit, um den Alkoholspiegel noch ein bisschen anzuheben.

„Gib die Flasche her!"

„Nein, du hast schon genug!"

„Flasche her!", ruft der Kegler seinem Kumpan zu und beugt sich so weit aus dem Boot, dass er mitsamt seiner Madame baden geht.

Wir Väter feixen, wenn es uns auch irgendwie leidtut, dass unseren Kindern dieser Anblick nicht erspart bleibt. Es wird dann auch noch richtig dramatisch. Die Keglerin ist nämlich nicht nur ziemlich angeheitert, sondern auch ziemlich dick. Sie schwimmt zur Leiter, kann sich aber nicht hochziehen. Nass, kalt und besoffen, das ist eben keine gute Mischung.

„Ich pack's net!", ruft sie in breitem Frankfurter Dialekt.

„Ei, du musst halt stärker ziehen!", rät ihr Göttergatte, der auch noch hinter ihr im Wasser treibt.

„Ich pack's net!" Mittlerweile hat sie eine hysterische Tonlage erreicht, und wir bekommen Angst, dass die Frau vor unseren Augen in den Fluten versinkt. Schließlich schiebt ihr guter Mann die Dame am Allerwertesten nach oben. Er selbst klettert tropfnass hinterher. Da stehen die beiden nun. Er holt sein Handy aus dem Ledertäschchen am Gürtel.

„Das ist hin!", jammerte er, und die anderen jubeln mit ihm: „Ja, das ist hin!"

Der Rest der Paddeltour verläuft zum Glück weniger dramatisch.

Abends liegt der Till Roman mit seinem Freund Jan im Zelt, während die Väter noch ein Bierchen trinken. Ich komme auf dem Weg vom Klo am Zelt vorbei und höre ihr Gespräch mit.

„Was meinst du, hätte die Frau ertrinken können?", fragt Jan.

„Ich glaube nicht!", sagte der Till Roman.

„Warum nicht?"

„Weil mein Vater sie dann gerettet hätte."

„Echt?"

„Ganz sicher!"

Das rührt mich schwer, und ich bin dankbar für dieses Kind und sein unerschütterliches Vertrauen.

14.

Am Montag nehme ich mir noch mal die Familie Reiffenberg vor. Ich habe mich vorher angekündigt, und die drei sitzen im Empfangszimmer ihrer Villa. Die glauben tatsächlich, dass sie clever sind. Setzen sich mit dem Rücken zum Fenster, und ich gucke in die Sonne.

„Ich würde mir gerne das Zimmer von Ihrem Sohn Malte anschauen", sage ich. „Er hatte doch noch ein Zimmer hier, in diesem schönen Haus?"

Tatsächlich führt mich Mutter Reiffenberg in ein geräumiges Zimmer im ersten Stock. Vater und Bruder trotten etwas missmutig hintendrein.

Dort setzte ich mich mit dem Rücken zum Fester und lasse die Familie in die Sonne gucken, auch mal eine nette Erfahrung.

„Was haben Sie eigentlich im Handschuhfach des Autos Ihres Bruders gesucht, Herr Reiffenberg?", frage ich.

„Ich versteh nicht ganz!"

„Och, ich glaub, dass Sie mich ganz genau verstehen. Der Wagen Ihres Bruders stand auf dem Hof der Werkstatt von Manfred Kaltschnee in Echzell. Dort wurde eingebrochen, der Besitzer niedergeschlagen, das Büro durchwühlt und ganz gezielt das Handschuhfach des Volkswagens Ihres Bruders aufgebrochen. Es wurde nichts gestohlen, selbst die Barschaft in der Schublade wurde nicht angerührt. Können Sie mir das erklären?"

„Nein, keine Ahnung. Was soll ich Ihnen da erklären?"

„Gute Frage, vielleicht haben Sie ja das hier gesucht?" Ich ziehe den Briefumschlag aus der Innentasche meiner Lederjacke.

Auf einmal werden die beiden Herren ganz aufgeregt.

„Geben Sie das her, das ist privat", sagt der alte Reiffenberg.

Das sind die ersten Worte, die er an mich richtet, gegrüßt hatte er mich mit einem stummen Kopfnicken.

Ich öffne ganz gemütlich den Briefumschlag und lese laut vor.

„‚Wie die braune Vergangenheit noch heute unsere Leben beeinflusst. Eine persönliche Abrechnung zum 9. November von Malte Reiffenberg'. Den Text wollte ihr Sohn zum 75. Jahrestag der Pogromnacht beim Geschichtsverein Echzell verlesen. Da ist tatsächlich viel Persönliches dabei …"

„Das geht niemanden was an, geben Sie das sofort her!", fängt jetzt auch der Bruder an zu schreien. Die Mutter hat sich abgewendet, sie weint.

„Herr Reiffenberg, es geht hier um die Aufklärung eines Mordes und nicht um die Ehre Ihrer Familie. Da hört das Private auf!"

„Diese Sache hat überhaupt nichts mit dem Tod von Malte zu tun!", sagt der junge Reiffenberg, nun wieder in normaler Lautstärke.

„Und woher wollen Sie das wissen?"

„Ich weiß es halt einfach!", gibt er zurück.

„Das ist schon ein bisschen wenig!", sage ich und gebe ihm den Umschlag. Die Spurensicherung hat ihn eh schon analysiert, und eine Kopie habe ich mir längst gemacht.

„Wo waren Sie denn am vergangenen Mittwoch so in der Zeit von 14 bis 16 Uhr?"

„Da war ich hier im Büro und habe gearbeitet, wir haben ein großes Geschäft mit unserem indonesischen Partner vor, da ist allerhand zu erledigen!"

„Ach ja?", frage ich neugierig, „und was ist das für ein Geschäft?"

„Wir wollen eine Textilfabrik in Israel bauen, auf der Westbank mit palästinensischen Arbeitern und israelischen Investoren."

„Das hört sich ja nach echtem Friedensstiften an. Und es kann nicht sein, dass Sie sich in der Wetterau aufgehalten haben?“

„Nein, ich war hier im Büro!“

„Haben Sie dafür Zeugen?“

„Ja“, meldet sich der Vater, „ich kann das bezeugen.“

„Da sollten Sie aber aufpassen, dass Sie keinen Meineid leisten.“ Ich fische aus meiner Jacke auch noch die Aufnahme eines Blitzers heraus, die hat mir am Morgen der Kollege von der Verkehrsabteilung gegeben.

„Diese Aufnahme wurde am vergangenen Mittwoch um 15.25 Uhr zwischen Echzell und Friedberg gemacht. Das Nummernschild stimmt, und Sie, Herr Reiffenberg, sind auch ganz gut getroffen.“ Ich lege dem Bruder das Bild hin, und er verliert augenblicklich seine Gesichtsfarbe. „Da waren Sie offensichtlich sehr in Eile. Sechzig sind da erlaubt, Sie sind fast hundert gefahren. Das gibt Punkte und wird auch nicht ganz billig. Warum hatten Sie es denn so eilig?“, will ich jetzt wissen.

Er verzieht das Gesicht. „Ich wollte den Umschlag. Ich wusste, dass Malte das geschrieben hatte, und ich wusste auch, dass er das Handschuhfach seines Käfers als Tresor nutzt. Wem hätte so eine Geschichte noch geholfen, jetzt, wo Malte tot ist?“

„Na, versuchen Sie es doch mal mit Helene Finkernagel!“, gebe ich zu bedenken.

„Die können doch froh sein, dass die damals noch rausgekommen sind. Die haben alle überlebt“, mischt sich der alte Reiffenberg ein. „Mein Vater hat mir die Geschichte erzählt. Der hat sich ja selbst strafbar gemacht, das war richtig gefährlich, den Finkernagels die Papiere zu besorgen, und umsonst hat er die ja auch nicht gekriegt, er musste da auch so manches Rädchen schmieren, dass es glatt läuft.“

„Ihr Vater war sozusagen der Retter der Familie Finkernagel?“, will ich jetzt wissen.

„Ja, Sie müssen gar nicht so ironisch werden. Wenn mein Vater nicht gewesen wäre, dann wären die Finkernagels wie all die anderen ins KZ gewandert und längst tot.“

„Auf so einer sauberen Weste möchte man natürlich keine braunen Flecken sehen. Da war die Geschichte Ihres Sohnes natürlich alles andere als hilfreich. Und für ein Geschäft mit den Israelis wäre ein solcher Skandal sicher auch nicht förderlich.“ Reiffenberg senior schüttelt den Kopf, sagt aber nichts.

„Wo waren Sie eigentlich am frühen Morgen des 12. September? Sie brauchen nicht im Kalender nachzuschauen, das ist der Tag, an dem Malte starb.“

Die Mutter holt hörbar Luft und fängt wieder an zu weinen.

„Das ist doch lächerlich, Sie glauben doch nicht, dass ich meinen eigenen Bruder umgebracht habe.“

„Sie wären nicht der Erste“, gebe ich trocken zurück.

„Wir sind an diesem Tag nach Indonesien geflogen, der Flug startete am Abend. Wir mussten aber noch viel in der Firma vorbereiten.“

„Gibt es dafür Zeugen?“

„Nein, wir waren nur zu zweit, Frau Schäfer, unsere Sekretärin, ist seit drei Wochen krank, wer weiß, ob sie überhaupt zurückkommt.“

„Was für einen Umfang hat das Geschäft mit den Israelis?“

„40 Millionen Dollar!“, meldet sich der alte Reiffenberg wieder.

„Und wenn das Geschäft geplatzt wäre, was wäre dann?“, will ich jetzt wissen.

„Dann wäre es knapp geworden“, räumt Reiffenberg senior ein.

Ich verabschiede mich. Es wird Zeit, wieder mal meine Bankkontakte spielen zu lassen.

Im Auto rufe ich meinen Kumpel Jörg in der Sparkasse an, er muss in der Wirtschaftskanzlei noch mal nachbohren. Ich will wissen, wie es um das Unternehmen der Familie Reiffenberg bestellt ist.

Dann fahre ich nach Friedberg in die Polizeidirektion.

15.

Gerade, als ich in die Polizeidirektion komme, läuft mir die Biggi über den Weg. Sie sieht heute ganz verändert aus, irgendwie müde. Schlabberlook statt schicke Klamotten und irgendwie traurig.

„Hallo Biggi, alles im Lot?", versuche ich es positiv.

Es kommt nicht mehr als ein Murmeln zurück. Ich lade sie für später in die Kantine vom Landratsamt ein.

„Ich habe die Schnauze so voll von den Kerlen!", sagt sie dann beim Essen. „Ich war jetzt mit dem fast ein Jahr zusammen, Lehrer ist er, hier am Gymnasium, und hier in der Kantine hat er mich angebaggert. Verheiratet, aber man hat sich auseinandergelebt, und irgendwie ist das alles nicht mehr so toll und mit mir ist es viel toller. Er will sich trennen, aber noch nicht jetzt, die ganze Leier. Und am Freitag sagt er mir am Telefon, am Telefon!, dass er und seine Frau es noch mal versuchen wollen, schon der Kinder wegen. Kacke, für eine ordentliche Beziehung sind die Kerle einfach nicht zu gebrauchen."

„Da kann ich mich leider nicht ausnehmen, aber für einen schönen Abend geht's eigentlich ganz gut", sage ich etwas vorlaut.

Sie grinst mich an. Das erste Mal heute, dass sie überhaupt die Mundwinkel nach oben zieht. „Warum eigentlich nicht?"

Am Nachmittag ruft mich der Jörg an. Sein Spezi aus der Wirtschaftskanzlei hat berichtet, dass die Reiffenbergs am Abgrund stehen. Die brauchen die Provision aus dem Israelauftrag ganz dringend, sonst können sie das Buch zumachen. Es geht da wohl so um die zwei Millionen Euro Provision. Und die Banken stehen quasi bei denen im Büro und warten auf ihr Geld.

Dann erzählt er mir noch Neuigkeiten von BavariaWind.

Da sei im Hunsrück ein Projekt geplatzt, jetzt werde es auch bei denen eng. Wenn für die Anlage in Echzell nicht bald die Baugenehmigung kommt, dann sieht es für die ziemlich düster aus.

Danach schreib ich noch meinen Bericht über den Überfall auf den Manni. Was mit den Reiffenbergs wird, wird sich weisen. Tante Jutta besucht heute Abend die Helene Finkernagel, mal sehen, was da rauskommt.

Pünktlich um sechs stehe ich mit Blumen vor Biggis Tür. Sie wohnt in der Friedberger Altstadt. Ein bisschen Multikulti, ganz anders als Echzell, aber irgendwie anregend. Es wird ein richtig schöner Abend. Biggi hat gekocht, Spaghetti mit Hackfleischsoße, nicht sehr originell, aber lecker. Wir sitzen auf der Dachterrasse, von denen es hier in der Altstadt einige gibt. Wir hören Eros Ramazzotti, trinken Rotwein und sie erzählt von ihren vergeigten Beziehungen, ich von meinen. Die Zeit vergeht irre schnell, und irgendwann ist die zweite Flasche leer, und ich bin längst nicht mehr in der Lage heimzufahren.

„Ich glaub, mein letzter Bus ist schon weg", sage ich, und jetzt grinst sie wieder.

„Vielleicht hab ich noch eine Zahnbürste für dich." Sie verschwindet im Bad. Ich höre die Dusche laufen und ärgere mich, dass ich so viel getrunken habe. Mit einem Duschtuch umwickelt, kommt sie ins Wohnzimmer und reicht mir Handtuch und Zahnbürste. „Bis gleich", sagt sie und verschwindet im Schlafzimmer.

Der Sex mit der Biggi ist nicht so toll, wie ich erwartet habe. Meine Erwartungen sind zu hoch, ich stelle mir vor, dass das jetzt so abgeht wie in irgendwelchen Filmen oder Romanen. Die Wahrheit ist weniger spektakulär. Nachher liege ich noch eine ganze Weile wach. An ihrem Atmen spüre ich, dass es Biggi nicht anders geht.

„Du, ich glaube, wir vergessen das jetzt einfach“, sagt sie und legt ihre Hand auf meine Brust.

„Ich glaub, du hast recht!“, gebe ich zurück, und dann schlaf ich ein.

Am Morgen gibt es nur einen Kaffee aus so einer modernen kleinen Maschine.

„Ich frühstücke nicht!“, sagt die Biggi und klopft sich dabei auf den flachen Bauch.

Mein Bauch wölbt sich schon nach innen, und mein Innerstes schreit nach einem deftigen Frühstück. Ich kann die Menschen nicht verstehen, die ohne Frühstück ihren Tag beginnen. Da habe ich so meine festen Rituale. Nach dem Duschen ein Glas Orangensaft, eine Schale mit Müsli und ein Stück Brot mit Käse. Die zweite Tasse Kaffee schaffe ich gerade noch am Frühstückstisch, dann muss ich mich meist schnell zurückziehen. Wenn irgendetwas an dieser Reihenfolge durcheinandergerät oder einfach ausfällt, dann ist mir der Tag verleidet. Das ist auch ein Grund, warum ich nicht so gerne wegfahre. Ich bin da verdammt konservativ.

Ich gehe von der Biggi also noch zum Bäcker und hole mir zwei belegte Brötchen. Als ich zum Parkplatz komme, hat irgendjemand etwas unter die Scheibenwischer geklemmt. Mit bösen Ahnungen greife ich mir den Zettel und sehe schon den Adler der Kreisstadt auf dem blauen Papier prangen. Parkzeit überschritten, 30 Euro, Scheiße!

Ich fahre ins Büro und schaue mir die Protokolle an. Die Kollegen haben die Anwohner des Wannkopfs befragt. Da hat niemand was gesehen. Aber der oder die Täter können auch von der anderen Seite des Berges gekommen sein, von dort, wo die Aussiedlerhöfe stehen. Da müsste man auch mal nachfragen. Ich setze mich also in meinen Benz und fahre hin.

Einer der Bauern meint, sich erinnern zu können, dass da am Morgen des 12. September ein weißer Lieferwagen oder ein Kombi am Waldrand gestanden hätte. Er dachte, es wäre jemand von der Naturschutzgruppe, die die Streuobstwiese betreut. Er war aber zu weit weg, um jemanden zu erkennen oder das Nummernschild zu lesen.

Ich fahre direkt weiter nach Gedern, um noch mal mit dem selbst ernannten Geistlichen zu sprechen. Theologie hat der nämlich nicht studiert. Auf dem Weg nach Gedern gehe ich im Geiste den Bericht von der Tante Jutta durch. Die war letzten Sonntag im Gottesdienst bei dem Herrn Günther. Er hat aus dem Thessalonicher-Brief gepredigt. Das sei heftig gewesen. Zu Hause hat sie mir alles noch mal vorgelesen:

„Das ist es, was Gott will: eure Heiligung. Das bedeutet, dass ihr die Unzucht meidet, dass jeder von euch lernt, mit seiner Frau in heiliger und achtungsvoller Weise zu verkehren, nicht in leidenschaftlicher Begierde wie die Heiden, die Götter nicht kennen, und dass keiner seine Rechte überschreite."

Wann das Ende der Welt komme, könne man nicht wissen, denn: „Ihr selbst wisst genau, dass der Tag des Herrn kommt wie ein Dieb in der Nacht. Während die Menschen sagen: Friede und Sicherheit!, kommt plötzlich Verderben über sie wie die Wehen über eine schwangere Frau, und es gibt kein Entrinnen. Ihr aber, Brüder, lebt nicht im Finstern, sodass euch der Tag nicht wie ein Dieb überraschen kann. Ihr alle seid Söhne des Lichts und Söhne des Tages. Wir gehören nicht der Nacht und nicht der Finsternis. Darum wollen wir nicht schlafen wie die anderen, sondern wach und nüchtern sein. Denn wer schläft, schläft bei Nacht, und wer sich betrinkt, betrinkt sich bei Nacht. Wir aber, die dem Tag gehören, wollen nüchtern sein und uns rüsten mit dem Panzer des Glaubens und der Liebe und mit dem Helm der Hoffnung auf das Heil."

Geendet hat der Gottesdienst mit Johannes 3, 36: „Wer an den Sohn glaubt, hat ewiges Leben; wer aber dem Sohn nicht gehorcht, wird das Leben nicht sehen, sondern der Zorn Gottes bleibt auf ihm."

Das waren die Worte des Predigers, und die kleine Gemeinde hat ihm zugestimmt.

Ich klingle wieder an diesem trostlosen Haus, und wieder öffnet die Frau Günther. Ihr Mann sei zu Hause, sagt sie und lässt mich rein. „Möchten Sie ein Glas Wasser oder eine Tasse Kräutertee?"

Ich entscheide mich für den Tee, und wir sitzen uns am Küchentisch gegenüber. Sie schiebt ein paar nicht vorhandene Krümel auf der Wachstuchdecke zusammen und legt dann die Hände übereinander.

„Wie lange sind Sie schon in dieser Gemeinde?", frage ich, um überhaupt was zu sagen.

„In Gedern sind wir jetzt seit drei Jahren, vorher waren wir in Frankfurt. Eine gottlose Stadt. Sie wird zerstört werden wie einst Sodom und Gomorrha!"

„Ist es hier leichter für Sie, missionarisch zu arbeiten?", will ich wissen.

„Ja, die Menschen sind nicht so misstrauisch und haben auch mehr Zeit als die Städter, die nur nach dem Mammon trachten. Wir machen hier Angebote für Kinder: Hausaufgabenbetreuung, Spielenachmittage. Wir singen mit den Kindern. Manche von denen haben nie zuvor in der Familie Lieder gesungen. Ist das nicht schrecklich?"

„Ich bin kein großer Bibelkenner", fange ich an, „aber steht da nicht auch etwas von Feindesliebe drin?"

Johannes Günther kommt zur Tür herein, und als hätte er draußen gelauscht, sagt er mit fester Stimme: „Wenn die Schlange ihren Kopf erhebt, dann muss er abgeschlagen werden, sonst setzt sich das Böse fort in dieser Welt und die Erlösung für uns Menschen kann nicht kommen."

„Aber Sie können doch nicht jedem den Kopf abschlagen,

der sich für eine andere Art zu leben entschieden hat. Zum Beispiel, weil er glaubt, er brauche keinen Gott. Oder etwa einen anderen Gott anbetet."

„Den Kopf abschlagen meine ich ja nur im übertragenen Sinne. Wir müssen für unseren Glauben eintreten und ihn offensiv verteidigen. Natürlich nur mit Worten."

„Glauben Sie, dass Malte Reiffenberg den Tod, diesen Tod verdient hat?"

„In Psalm 139 heißt es: ‚Deine Augen sahen mich, da ich noch unbereitet war, und alle Tage waren in dein Buch geschrieben, die noch werden sollten, als derselben keiner da war.' Alles ist vorherbestimmt, Gott selbst hat es gefügt, wie kann es da nicht gerecht sein?"

„Aber wenn Sie so reden, dann ist ja auch das Verhalten von Reiffenberg gegenüber Ihrer Tochter von Gott so gewollt."

Er winkt ab. „Sie wollen mich aufs Glatteis führen, das wird Ihnen nicht gelingen. Die Menschen sind sehr wohl für ihre Taten verantwortlich. Diese Verantwortung für uns selbst hat uns Gott gegeben, damit wir sorgsam damit umgehen."

„Sagen Sie, Herr Günther", lenke ich jetzt das Thema wieder auf den konkreten Fall, „was für ein Auto fahren Sie eigentlich?"

„Mit fünf Kindern reicht ein Golf nicht mehr. Wir haben einen VW-Bus."

„Ist der zufällig weiß?", frage ich.

„Nein, der ist nicht zufällig weiß. Er ist in voller Absicht weiß. Es ist die Farbe der Unschuld!"

„Darf ich den Wagen mal sehen?"

„Bitte tun Sie sich keinen Zwang an, er steht in der Einfahrt neben dem Haus."

Ich bedanke mich für den Tee und verabschiede mich.

Draußen kratze ich ein bisschen Lehm aus dem Radkasten. Bei den Aussiedlerhöfen habe ich auch schon eine Probe genommen. Das bringe ich jetzt alles zur Spurensicherung ins Labor.

Im Labor treffe ich Biggi, die was für ihren Chef holen soll. Sie sieht mich mit ihren strahlenden Augen an.

„Hallo Kalli, wie geht's? Lang nicht mehr gesehen." In ihrer Stimme ist keine Spur von Sarkasmus zu hören.

Wir plaudern ein paar Minuten über den Kollegen Bertram, der am Wochenende heiratet, und über die bevorstehende Bundestagswahl.

Beim Gehen drückt sie den Thomas Ludwig. Labor-Ludwig, intern auch LL genannt, ist eine Institution in der Polizeidirektion. Seit mindestens zwanzig Jahren ist er Chef im Labor. Manchmal denke ich, das ist auch sein Lieblingsort.

Ich halte ihm meine Proben entgegen.

„Ah, ich darf mal wieder die gute Wetterauer Erde testen, da freuen wir uns aber, gell, Leo?" Eine gewaltige Dänische Dogge hebt unter dem Labortisch ihren Kopf, um ihn gleich wieder auf die Pfoten zu betten. Der Hund weicht niemals von Ludwigs Seite.

„Ich kann ihn nicht zu Hause allein lassen, da kriegt der Hund Depressionen und nagt die Tapete und die Möbel an."

Also kommt Leo jeden Tag mit in die PD. Das ist ein irres Bild, wenn die zwei morgens auf den Hof fahren. Thomas Ludwig fährt einen uralten Citroën 2 CV, „ein Auto, das einem heimischen Schwimmvogel nicht unähnlich sieht!", sagt er immer. Ich denke bei einer quietschgelben Ente eher an ein Wasserspielzeug für Kleinkinder. Da sitzen dann Ludwig und Leo auf Fahrer- und Beifahrersitz. Im Sommer rollt er das Verdeck zurück, und der Leo darf rausschauen. Weil der aber so empfindliche Augen hat, kriegt er dafür eine Pilotenbrille aufgesetzt. Wo die zwei auftauchen, zücken die Leute ihre Handykameras.

Leider ist der Hund auch verantwortlich dafür, dass die Christa den Thomas verlassen hat. Nicht, weil der Hund so aggressiv gewesen wäre. Eher im Gegenteil. Der Köter ist derartig verschmust, dass das direkt peinlich ist. Ein Blickkontakt reicht, und 70 Kilogramm Hund trotten auf einen zu. Das Tier stößt einen mit dem schweren Kopf gegen die Brust und ist erst dann zufrieden, wenn man mit zwei kräftigen Händen Brust und Rücken gleichzeitig krault. Pausen akzeptiert Leo dabei höchst ungern. Noch schlimmer ist es, wenn man sich auf dem Besucherstuhl im Labor niederlässt. Aber das macht man in der Regel nur einmal. Dann kommt der Leo nämlich und wirft sich mit seinem gesamten Gewicht auf die Füße. Flucht ist damit unmöglich. Er dreht sich dann erwartungsvoll auf den Rücken und wartet auf kraulende Hände. Christa hat immer geklagt, dass der Ludwig seine gesamte Schmuseenergie auf den Hund verwendet und für sie nichts mehr übrig bleibt.

Das Schlimmste an Leo ist aber der pestilenzialische Gestank, der aus seinem Rachen kommt. Dazu ein schleimiger Sabber, den der Hund produziert, wenn er sich freut. Und Leo freut sich oft.

„Beide Proben stammen nicht von Böden aus der Kernwetterau. Ich würde sagen, Südrand Vogelsberg." Und damit liegt der LL genau richtig, da habe ich die Proben ja geholt.

„Die sind aber nicht identisch, wenn du das noch wissen willst."

Er sieht in mein enttäuschtes Gesicht. „Also wenn du den Radkasten auskratzt, dann musst du das schon professioneller machen. Da sammeln sich ja mehrere Schichten an. Vielleicht lohnt sich ein zweiter Versuch."

Zurück im Büro, ruft mich der Dr. Meindel an. Dem Schulleiter vom Reiffenberg ist noch was eingefallen. Einige Tage vor dem Tod seines Lehrers hat sich jemand nach dem erkundigt. Er recherchiere in einer Familienangelegenheit, hat er gesagt.

„Ich gebe natürlich am Telefon keine Auskünfte über meine Lehrer!“, sagt der Meindel und gibt mir die Nummer des Anrufers.

„Detektei Luchs!“, meldet sich eine männliche Stimme, als ich die Nummer wähle. „Wen dürfen wir für Sie finden?“

„Sie recherchieren in der Angelegenheit Reiffenberg?“, frage ich ins Telefon.

„Augenblick bitte!“

„Detektei Luchs, mein Name ist Jens Sauer, wen darf ich für Sie finden?“

Ich wiederhole: „Sie recherchieren in der Angelegenheit Reiffenberg?“

„Oh, da kommen Sie zu spät, der Fall ist abgeschlossen.“

„Für mich aber nicht!“, sage ich und nenne meinen Namen und Dienstrang. Wir vereinbaren einen Termin bei mir im Büro, gleich morgen früh.

Am Abend treffe ich mich dann wieder mit Jockel.

Vorher esse ich aber zu Hause. Die Damen sind von dem Sachsentrip abgekommen. Für mich haben sie jetzt eine Lammwoche organisiert.

„Wir haben uns gedacht, dass der Besuch vielleicht doch lieber die lokalen Spezialitäten essen möchte und nicht das, was er zu Hause sowieso immer kriegt.“

Welch herrliche Erkenntnis! Jetzt wird also das Fleisch der Tiere verarbeitet, die auf so wundervolle Art unsere wertvollen Wetterauer Weidefläche pflegen.

Der Jockel hat noch ein bisschen recherchiert über Art und Form von Strafen im Verlauf der Geschichte in verschiedenen Kulturen. Spannend, erzählt er mir, seine Worte kauend, sei der Begriff des Gotteszorns. „Früher war das etwas, mit dem die Menschen tagtäglich gelebt haben. Wer vom rechten Weg abkam, der musste mit dem Zorn des Allmächtigen rechnen. Schau heute mal in die einschlägigen Seiten im Internet. Da wird Gott stets von seiner fürsorglichen, liebevollen Seite dargestellt. Den zürnenden, den zornigen Gott, den haben die modernen Theologen regelrecht abgeschafft. Anders sieht es bei den bibeltreuen Christen aus. Die wehren sich gegen jede Form der Veränderung der Schrift und lesen vor allem die Endzeitgeschichten. Die glauben, das Ende der Welt ist nah und alles, was sie jetzt machen, wird angerechnet und entscheidet über Himmel oder Hölle."

Dann erzählt mir der Jockel noch von dem Besuch von der Tante Jutta bei Helene Finkernagel. „Ich war noch da und hatte ihr ein bisschen beim Saubermachen geholfen, da kam die Jutta. Die hatte einen schönen Kuchen dabei, und weil ich noch Zeit hatte und den Kuchen von der Jutta auch nicht verachte, bin ich halt geblieben."

Die Helene erzählte, dass sie zu Anfang richtig gerührt war von der Beichte des jungen Reiffenberg. Der hätte sich so auf die Brust geschlagen, als hätte er selbst diese Schweinereien gemacht oder wäre persönlich dafür verantwortlich.

„Ich fand das ganze Getue irgendwie ein bisschen peinlich. Mir kommt das so vor, als ob der die Absolution von der Helene erhalten wollte", kommentiert Jockel.

Der Reiffenberg, so die Finkernagel, hätte sehr über seine Eltern und vor allem seinen Großvater hergezogen. Da wären Worte gefallen, dass sie richtig schlucken musste. Der hätte sich so richtig in die Geschichte reingesteigert. Noch ein paar Wochen, und das Ereignis ist 75 Jahre her, aber der Reiffenberg hätte gerade so getan, als wäre das alles gestern geschehen. Er hat dann wohl versucht, die Finkernagel davon zu überzeugen, gleich am nächsten Tag das Gericht einzuschalten und sich einen Anwalt zu nehmen.

Die Helene hat das aber abgelehnt, sie wäre zu alt und die Geschichte viel zu lange her. Das würde sie zu sehr aufregen, es schmerzte noch immer. Als der Reiffenberg immer weiter auf sie einredete, hätte sie ihm gesagt, dass es genug sei. Er sollte jetzt gehen, damit sie sich etwas erholen könnte. Und sie sei auch wirklich fertig gewesen.

„Warum, das hat sie uns dann nachher erzählt", sagt der Jockel.

16.

Helene hat ihnen die Geschichte der Finkernagels erzählt.

„Mein Vater, Herrmann Finkernagel, wurde 1896 als einziger Sohn von Jakob und Helene Finkernagel in Worms geboren. Seine Eltern betrieben dort ein gut gehendes Textilkaufhaus. Herrmann sollte dort auch seine Lehre machen. Dazu kam es aber erst mal nicht. Direkt nach dem Abitur hat er sich freiwillig für den Kriegsdienst gemeldet. In Frankreich wurde er zweimal verwundet und mit dem Eisernen Kreuz ausgezeichnet.

Er sagte immer: ‚Ich bin als Deutscher in den Krieg gezogen, um mein Vaterland zu verteidigen. Ich bin aber auch als Jude in den Krieg gezogen, um für die Gleichstellung meiner Glaubensbrüder zu kämpfen.'

Daran hat er bis zuletzt geglaubt. Wegen seiner schweren Verwundung am Bein war er für den weiteren Militärdienst untauglich und kam nach Hause. Hier machte er seine Lehre und übernahm schließlich ein Geschäft in Ranstadt, das seinem verstorbenen Onkel gehört hatte. In Ranstadt lernte Herrmann meine Mutter Judith kennen. 1919 wurde geheiratet, 1920 im Dezember kam ich auf die Welt. Als die Eltern von Herrmann um 1931 kurz hintereinander starben, haben meine Eltern das Erbe zum Ausbau des Geschäfts in Ranstadt genutzt. Nach Worms zurück wollten sie nicht, sie kannten ja dort niemanden. Vier wertvolle Bilder zählten zum Erbe, sie hingen bei uns im Salon in der Wohnung über unserem Geschäft.

Mit der Machtübernahme durch die Nazis wurde unser Leben sehr schnell schwieriger. Ich war im Gymnasium, musste aber 1936 die Schule verlassen, weil die judenrein werden sollte. Ich habe dann bei uns im Laden ausgeholfen, aber da kam ja auch immer weniger Kundschaft. Wir überlegten auszuwandern. Doch alle unsere Verwandten hatten wir ja in Deutschland. Mein Vater hat für dieses Land gekämpft. Wir dachten wirklich, der Spuk würde irgendwann zu Ende gehen. Der Druck wurde aber größer.

Mein Vater hat dann Kontakte nach Amerika geknüpft. Dort lebte ein Freund, mit dem er in die Schule gegangen war und mit dem er den Krieg überlebt hatte. Der hat für uns gebürgt und uns auch die Überfahrt bezahlt. Was mein Vater nicht wusste: Ich hatte mich zu der Zeit furchtbar verliebt. Ich war noch keine achtzehn, aber viel fehlte nicht mehr. Wir Mädchen auf dem Land hatten nicht so viel Abwechslung. Wir haben uns getroffen, Radio gehört und manchmal kam auch ein Junge dazu, meist der Bruder von einem der Mädchen. So habe ich Rolf kennengelernt, den Bruder von Charlotte. Die war die Cousine meiner Freundin, die hier ihre Ferien verbrachte.

Rolf war zwei Jahre älter als ich, und er war Soldat. Seine dunkelblaue Luftwaffenuniform war umwerfend. Die Mädchenherzen flogen ihm nur so zu. Aber nur meines hat er aufgefangen. Es war alles sehr kurz und alles im Geheimen. Er durfte sich doch nicht mit einem Judenmädchen erwischen lassen und ich mich natürlich auch nicht mit einem Soldaten. Also trafen wir uns nachts in einer Scheune. Ich bin aus dem Fenster geklettert, und er hat auf mich gewartet. Es war Spätsommer, es war warm, und wir waren so verliebt.

Anfang September sagte dann mein Vater am Mittagstisch, dass wir auswandern würden. ‚In drei Tagen geht unser Schiff!', er hätte alle Papiere beisammen, der Gutsverwalter von Wucklow hätte ihm geholfen. Wir mussten aber alles dalassen, was wir hatten. Nur einen Koffer konnten wir mitnehmen und das, was wir am Leibe trugen. Das Haus haben wir verkauft und davon die Schiffspassage bezahlt.

Ich habe mir die Seele aus dem Leib geweint. Rolf zu verlassen, kam mir undenkbar vor. Er hatte um Versetzung hierher in die Wetterau ersucht. Wir wollten allen Hindernissen zum Trotz zusammenleben. Aber es kam anders. Ich war ein braves Mädchen und habe mich meinen Eltern gefügt.

Auf dem Schiff merkte ich, dass meine Blutung ausblieb. Ich habe mir erst nichts dabei gedacht. In New York war ich dann beim Arzt und der hat meine Schwangerschaft festgestellt. Am 5. Mai 1939 wurde mein kleiner Rolf geboren. Erst wollten sie ihn mir nicht geben, er wäre nicht gesund. Ich wollte aber mein Kind, und ich habe immer zu ihm gestanden. In Deutschland hätten die Nazis das Kind umgebracht. Es wäre ihnen nicht lebenswert gewesen. Welch ein Unsinn! Rolf war so ein fröhliches Kind, so ein fröhlicher Mensch, ich möchte keine Sekunde des Lebens mit ihm vermissen.

Für jemanden mit Downsyndrom wurde Rolf ziemlich alt. Er starb zwei Tage vor seinem dreiundfünfzigsten Geburtstag. Danach habe ich in Amerika alle Zelte abgebrochen und bin zurück zu meinen Wurzeln.

Meine Eltern hatten mithilfe des Freundes meines Vaters in Amerika wieder ein Textilgeschäft aufgemacht. Ich habe da gearbeitet, hatte dadurch auch genügend Zeit für Rolf und habe schließlich John kennengelernt und geheiratet.

Vater starb 1975, Mutter drei Jahre später. Ich habe dann mit meinem Ehemann den Laden noch weitergeführt. John wurde krank, und wir haben alles verkauft und sind mit Rolf nach Florida gezogen, wir waren ja ziemlich wohlhabend. Dort ist mein Mann gestorben.

In Deutschland habe ich später nach dem Luftwaffenleutnant Rolf Sommer gesucht. Ich habe ihn auch gefunden, er lebte damals in Offenbach und feierte seine goldene Hochzeit. Wir haben uns zweimal gesehen, aber ich habe ihm niemals von seinem Sohn Rolf erzählt. Er selbst hatte keine weiteren

Kinder, genauso wie John und ich. Rolf ist vor vier Jahren in einem Pflegeheim gestorben, seine Frau lebt wohl noch, aber genau weiß ich das nicht.

Dass sich jetzt der Kreis zu den Reiffenbergs schließt, reißt Wunden wieder auf. Ich bin dem alten Wucklow aber nicht böse. Er hat sich bereichert und uns bezahlen lassen. Aber er hat uns auch die Papiere besorgt und so unser Leben gerettet.

Wenn ich das gegeneinander abwäge, dann wiegen vier Bilder und ein bisschen Schmuck leicht gegen drei Leben, vier, wenn ich Rolf schon mitzähle.

Der alte Wucklow ist längst tot, sollen seine Kinder für seine Taten büßen? Die Nazis haben die Sippenhaftung eingeführt, das war eines ihrer vielen Verbrechen. So will ich nicht sein. Ich habe kein Interesse mehr an diesen Bildern, ich will nichts zurück. Das ist mein letztes Wort."

„Ja", sagt der Jockel, „dann hatte die gute Helene genug Anstrengung für einen Tag. Sie hat noch erzählt, dass sie später nicht mehr mit dem jungen Reiffenberg gesprochen hat. Bei der Familie hat sie es ein paar Mal am Telefon versucht, sie hat sogar aufs Band gesprochen, was sie sonst nicht macht. Aber es hat niemand zurückgerufen. Sie wollte der Familie persönlich sagen, dass sie keine Ansprüche mehr geltend machen will."

17.

Am nächsten Morgen ist Privatdetektiv Jens Sauer pünktlich um neun bei mir im Büro und erzählt mir von seinen Recherchen in Sachen Reiffenberg.

„Wer war denn der Auftraggeber?“, will ich als Erstes wissen.

„Wir arbeiten absolut diskret, dazu gehört auch, dass wir über unsere Auftraggeber Stillschweigen bewahren.“

„Darf ich Sie daran erinnern, dass ich in einem Mordfall ermittle? Was glauben Sie, wie lange ich mit vier Kollegen brauche, um in Ihrer Buchhaltung das Oberste zuunterst zu kehren?“

„Der Auftrag kam von BavariaWind!“, gibt er schnell nach und macht dabei eine wegwerfende Bewegung.

Na, das hatte ich mir doch gedacht.

„Und was beinhaltete der Auftrag genau? Sie sollten doch gewiss nicht überprüfen, ob der Reiffenberg seinen Lehrplan einhält.“

„Nein, wir sollten so eine Art Dossier erstellen.“

„Ein Dossier?“

„In dem alle Informationen enthalten sind, die wir nur kriegen können: Arbeit, Freizeit, Beziehungen, Seitensprünge, Ämter, eventuell krumme Geschäfte …“

„Mit welchem Ziel?“

„Meine Güte, wir fragen doch unseren Auftraggeber nicht, warum er uns den Auftrag gibt. Die bestellen – wir liefern!“

„Aha“, sage ich und will wissen, was sonst so alles zum Lieferauftrag der Detektei Luchs gehört.

Bevor er sich wieder blöd stellt, werde ich konkreter: „Sie suchen, Sie beschatten, Sie befragen und Sie morden, wenn es zum Auftrag gehört!“

„Sind Sie verrückt? Nein! Nein, wir liefern Informationen,

schriftliche und bei Bedarf auch fotografische, das war's dann aber auch."

„Wie lange haben Sie Reiffenberg überwacht?"

Er denkt kurz nach. „Über einen Zeitraum von drei Monaten, genau acht volle Berechnungstage. In den Schulferien war ja nicht viel, er war ja unterwegs. Insgesamt also zwölf halbe und zwei volle Tage. Ich weiß das, weil ich erst dieser Tage den Abrechnungszettel für die Rechnungserstellung fertig gemacht habe."

„Das betrifft also vor allem die Zeit nach den Sommerferien bis zu seinem Tod?"

„Ja!"

„Dann wussten Sie sicherlich von seiner Gewohnheit, vor dem Unterricht die Tour mit dem Mountainbike zu machen."

„Ja, klar, aber das wussten doch viele im Dorf."

„Was haben Sie sonst über den Reiffenberg rausgekriegt?"

„Der Reiffenberg war schon ein komischer Bursche. So als hätte der zwei Gesichter. Auf der einen Seite politisch engagiert mit anerkannten Zielen. Gleichzeitig war er unbelehrbar, wenn er sich was in den Kopf gesetzt hatte. Seine Schüler hassten oder liebten ihn. Eine Schülerin hat er aus der Schule gemobbt, eine andere geschwängert. Die Frauen sind auf den abgefahren. Reiffenberg war lange mit einer Kollegin zusammen, Kerstin Berg. Eine tolle Frau. Nachdem er mit ihr Schluss gemacht hatte, hat die den Reiffenberg regelrecht verfolgt. Die hat ihm dauernd Mails und SMS geschickt. Hat ihn angerufen und ihm aufgelauert. Ihm Blumen nach Hause geschickt. Das war fast schon Stalking. Die war echt verrückt nach dem Reiffenberg. Sie war sogar bei seinen Eltern zu Hause und hat mit denen geredet, ob die vielleicht was machen können."

„Woher wissen Sie denn das so genau? Waren Sie bei den Gesprächen dabei?"

„Nein, aber wir haben da so unsere Methoden. Der Reiffenberg jedenfalls hat der Berg die kalte Schulter gezeigt und Pläne mit einem Mädchen aus Büdingen gemacht, einer Lindita. Er hat sich bei Maklern in Berlin nach Wohnungen erkundigt. Wohnungen für Familien, wohlgemerkt. Bei seinen Aktionen in Echzell war er eher ein Scharfmacher. Bei der Geschichte mit den Stolpersteinen genauso wie bei den Windrädern. Der war dabei viel mit der Frau von dem Arzt, Katja Klein, zusammen. Das ist auch so eine Überzeugungstäterin. Die haben zusammen alle möglichen Gutachten gewälzt und auch Kontakt zu anderen Bürgerinitiativen gesucht. Die haben echt systematisch und fundiert gearbeitet. Aber auf die Dauer kommen die damit nicht durch. Die Rechtsprechung ist da eindeutig. Sie können den Bau einer solchen Anlage aber verzögern und so die Investoren verschrecken. Genau das war der Plan von Reiffenberg."

„Sie haben das Dossier an BavariaWind geschickt?", frage ich.

„Ja, das war der Auftrag."

„Das Dossier enthielt auch Reiffenbergs Angewohnheit der morgendlichen Mountainbiketour?"

„Ja, alles, was ich Ihnen erzählt habe."

„Eine letzte Frage noch: Wie hoch ist eigentlich Ihr Tagessatz?"

Jetzt grinst er mich an. „Wollen Sie uns buchen?"

„Vielleicht!"

„Na dann gebe ich Ihnen mal meine Karte. Zur Klärung des Mordfalls trägt diese Information ja sicher nicht wesentlich bei. Auf Wiedersehen, Herr Kommissar!"

Da muss mir wohl der Herr Koppenweh noch ein bisschen was erzählen. Vorher werde ich mir aber den richterlichen Durchsuchungsbeschluss für die Büroräume von BavariaWind in Bad Vilbel und in Echzell besorgen.

Richter Karl-August Neumann-Nördlicher ist ein in Ehren ergrauter Jurist, der kurz vor der Pensionierung steht. Der Mann hat schon so ziemlich alles abgeurteilt, wozu Menschen fähig sind. Aus Vor- und Zunamen haben Polizei und Justiz intern die Abkürzung Richter K. A. N. N. gemacht.

„Kann sein, muss nicht sein, will bewiesen werden!" gehört zu Neumann-Nördlichers Lieblingssprüchen. Richter Kann urteilt hart, aber gerecht, da geht es eher schon mal ein Jahr länger ins Kittchen. Was er nicht duldet, ist schlampige Ermittlungsarbeit. Wenn er einen Angeklagten verurteilt, dann, weil dessen Schuld zweifelsfrei feststeht. Im Zweifelsfall immer für den Angeklagten, so waren alle seine Urteile.

Richter Kann kennt aber auch die schwierige Position der Polizei. Wenn es klare Anhaltspunkte gibt, kriegt man bei ihm schnell einen Durchsuchungsbeschluss oder einen Haftbefehl.

Ich habe den Sachverhalt auf zwei Seiten zusammengeschrieben und an Neumann-Nördlichers Büro gemailt. Zwei Stunden später geht das Telefon. Richter Kann will mich sprechen, ich soll gleich zu ihm ins Büro.

Dort kommt mir der Richter entgegen und breitet die Arme aus.

„Na, Kalli, wie geht's der Mutti?" Ohne die Antwort abzuwarten, fährt er fort: „Das ist aber ganz schön dürftig", und umarmt mich noch kurz.

„Das finde ich aber nicht, Onkel Karl-August!", sag ich.

„Sag hier nicht Onkel zu mir!"

„Ist recht, Onkel!"

Jetzt hebt Richter Kann die Augenbrauen, und ich weiß, dass ich wieder förmlich werden muss. Ich kenne Karl-August Neumann-Nördlicher schon, seit ich ein kleiner Bub war. „Er ist eine einsame Seele", sagt die Mutti. Damals war der junge Richter Neumann-Nördlicher schwer verliebt in die junge Sekretärin Hedwig Wetz. Für ein paar Jahre verkehrte Neumann-

Nördlicher regelmäßig in unserem Haus. Er nannte mich Bub, und ich durfte Onkel Karl-August sagen.

Seit ich bei der Kripo bin und beruflich mit ihm zu tun habe, muss ich da sauber trennen. Im Dienst ist er für mich der Richter Neumann-Nördlicher oder Richter Kann, und ich bin für ihn der Kalli. Unsere Fast-Verwandtschaft hilft mir im Dienst nur wenig.

„Aufgrund welcher konkreter Hinweise willst du denn einen Durchsuchungsbeschluss?"

„Die Firma hat Dreck am Stecken, die stehen am Abgrund. Wenn die die Baugenehmigung nicht bekommen, dann können sie dichtmachen. Die würden, um Hindernisse auszuräumen, alles machen."

„Und du glaubst, in den Akten von BavariaWind eine Bauanleitung zum Pfählen von Mountainbikern zu finden? Was ist denn mit den anderen Beteiligten, die hätten doch alle ein Tatmotiv? Die Familie des schwangeren Mädchens, die Familie Reiffenberg, dieser Geistliche, ja selbst die verflossene Kerstin Berg. Tut mir leid, das ist mir zu wenig! Das ist für mich auch nicht plausibel. Wenn so eine Windfirma jemanden loswerden will, dann machen die das doch nicht so aufwendig, da haben die ganz andere Methoden. Die Beweislage ist mir zu dünn, um einen Durchsuchungsbeschluss zu unterschreiben."

Da stehe ich jetzt ziemlich blöd da, weil ich in der PD noch gesagt habe, dass ich mir jetzt den Durchsuchungsbeschluss abhole. „Ich würde bestimmt bei BavariaWind Hinweise auf deren dreckige Geschäfte finden und damit auch Hinweise auf die Täterschaft."

„Komm mit konkreten Beweisen oder wenigstens klaren Hinweisen, dann sieht die Sache schon anders aus! Grüß mir die Mutti und die Tante Jutta!", sagt der Richter Kann und drückt mir noch mal fest die Hand.

18.

Am Samstag sind wir alle beim Günni und gucken zu, wie die Eintracht über ein 2:2 gegen den Hamburger SV nicht hinauskommt. Da ist einfach zu wenig, und trotz der heißen Diskussionen ändert sich an Tabellenplatz 13 rein gar nichts. Die Jungs sind alle ziemlich sauer, hier in diesem kleinen Dorf Echzell sitzt die versammelte Kompetenz in Sachen Bundesliga. Wenn man uns mal ranließe, wäre die Eintracht ganz gewiss der einzige echte Konkurrent für die Bayern aus München.

Um sieben sagt der Jockel, dass er jetzt gehen muss. Da bleibt mir doch glatt die Spucke weg, weil er eigentlich immer erst dann geht, wenn beim Günni Sendeschluss ist.

„Willste jetzt Abstinenzler werden oder allein zu Hause weitertrinken?"

„Weder das eine noch das andere. Heute Abend trifft sich der Partnerschaftsverein. Nächste Woche kommen die Gäste aus der neuen Partnerstadt zum ersten Mal. Und wenn die Thüringer da sind, dann wollen wir uns doch von unserer besten Seite zeigen."

„Thüringer? Ich dachte, die kommen aus Sachsen."

„Quatsch, Meuselwitz ist bekanntlich die drittgrößte Stadt im Landkreis Altenburg, und der liegt im Osten Thüringens."

„Jetzt, wo du es sagst. Und was hast du damit zu tun?"

„Ich helfe halt mit. Wenn es sein muss, auch mit geografischen Kenntnissen. Aber im Ernst, die sind historisch interessiert und wollen was über die Wetterau erfahren. Schreib's auf meinen Deckel!", ruft er noch der Silke zu, und schon ist er verschwunden.

„Der hatte es aber eilig", sage ich zur Silke und bestell mir noch ein Pils.

„Der Jockel ist verliebt", sagt die Silke.

Ich verschlucke mich an meinem Bier. „Der Jockel ist was?"

„Verliebt! Die Sabine ist in dem Partnerschaftsverein, und der Jockel hat nur noch Augen für die Sabine. Das geht bestimmt schon seit zwei Wochen so. Du hast natürlich mal wieder gar nichts gemerkt. Mensch, der Jockel ist dein bester Freund, und du merkst rein gar nichts."

„Ich hab schon was mitgekriegt, nur halt nicht so direkt", versuche ich, die Kurve zu kriegen.

„Ach komm, das glaubst du doch selbst nicht!", wehrt die Silke ab.

Gegen zehn hat sich die Kneipe geleert, und ich will gehen. Die Stimmung war eh nicht so doll, und ohne den Jockel macht mir das Trinken keinen Spaß. Die Silke hakt sich bei mir ein und will mit. „Die vom Partnerschaftsverein sind bestimmt noch bei euch. Komm, wir gucken mal!"

„Was, die sind bei uns, und niemand sagt mir was?"

„Du Scherzkeks, das stand doch sogar im Anzeigenblättchen: Treffen des Partnerschaftsvereins zur Vorbereitung der Feierlichkeiten für den 3. Oktober bei Familie Wetz, Bachgasse 20."

Bei uns im Wohnzimmer ist schwer was los, der halbe Partnerschaftsverein hat sich hier versammelt. Auf jeden Fall für mich zu viele Menschen. Der alte Schneider ist auch da, ich wundere mich nur, dass der seine Zigarre noch nicht angesteckt hat. Ohne seinen Stumpen geht der normalerweise gar nicht auf die Straße. Er ist noch ein bisschen sauer auf mich. Ich hab ihm mal angedroht, ihn zu verhaften, wenn er weiter vor der Grundschule qualmt, das wäre gefährlich für die Kinder. Beim Hausarzt haben sie ihn mal rausgeworfen, weil er sich, während er auf seine Frau wartete, im Wartezimmer die Zigarre angesteckt hat.

Tante Jutta sagt, dass sie den Duft von Zigarren liebt. Der Bürgermeister ist da und auch der Pfarrer, die Sabine und daneben der Jockel, der andächtig zuhört, während er die Sabine anglotzt.

Die Sabine, das muss ich jetzt erzählen, ist eine total nette Frau, herzensgut und sieht klasse aus, wenn man es nicht gar zu dürr mag. Sabines Pech ist es, immer, aber wirklich immer an die falschen Kerle geraten zu sein. Der erste und glücklicherweise letzte Mann, der sich bei uns im Dorf den goldenen Schuss gesetzt hat, war der Robert, Sabines erster Freund und Vater ihres Sohnes. Einer ihrer Verflossenen sitzt wegen Unterschlagung im Knast, die anderen haben sich längst aus dem Staub gemacht, nachdem sie Sabine so lange wie möglich ausgenutzt haben.

Sabine ist aber nicht nur mit ihren Männergeschichten gescheitert. Beruflich hatte sie auch nicht wirklich viel Glück. Gelernt hat sie Verkäuferin im Dorfladen. Als der wegen des neuen Supermarkts zumachen musste, hatte sie die Lehre noch nicht beendet. Mit einem Blumenladen ging sie genauso pleite wie mit einem Nagelstudio. Ihre Kneipe in Friedberg lief nicht, als Parfümberaterin konnte sie zwar ihre Arbeitszeiten gut einteilen, aber leider nicht davon leben. Dann hat Sabine es als Vermögensberaterin versucht. Ich kenne im Dorf niemanden, der Sabine sein Geld zur Anlage anvertraut hätte. Zuletzt hat sie einen Kurs als Heilpraktikerin gemacht. Ob die Hände, unter denen das Geld wie Sand zerrinnt, tatsächlich heilen können? Ich würde es der Sabine wünschen.

„Na, alles im grünen Bereich?", frag ich in die Runde.

„Ja, alles bestens! Das Programm für den Besuch steht!", ruft der Bürgermeister froh gelaunt.

„Morgen müssen wir noch ein bisschen Feinarbeit machen. Bad Nauheim Kurpark und Jugendstil, wir wollen doch was zeigen von unserer Wetterau", sagt der Jockel. „Ich gehe mit der Sabine, wollt ihr nicht mitkommen?", fragt er an Silke gerichtet.

„Au ja!“, ist die gleich Feuer und Flamme.
Ich werd den Teufel tun, mich dagegen aufzulehnen.

19.

Am Sonntag laufen wir bei strahlendem Sonnenschein durch Bad Nauheim. Jockel hat noch die alte Frau Finkernagel mitgenommen, sie wollte so gern mal wieder im Bad Nauheimer Kurpark spazieren gehen. Die Mutti und die Tante Jutta wollten dann auch mit, und so sind wir zu siebt unterwegs und genießen den herrlichen Tag im Park.

„Sag mal“, stößt mich der Jockel von der Seite an, „ist das nicht der Dr. Meindel, der Rektor von der Gesamtschule? Was ist denn das für ein scharfer Feger neben ihm?“

Ich falle fast um: Da läuft tatsächlich der Meindel zusammen mit der Kerstin Berg Händchen haltend durch den Kurpark. Der Rektor auf Abwegen mit der Ex vom Reiffenberg.

„Du hast doch erzählt, die macht auf trauernde Zurückgelassene und kann die Trennung nicht verwinden.“

„Offensichtlich tröstet sie sich jetzt mit ihrem Chef!“

Die beiden haben nur Augen füreinander und sind ins Gespräch vertieft. Als wir auf einer Höhe sind, mache ich eine Verbeugung und grüße laut. „Guten Tag, Frau Berg, guten Tag, Herr Dr. Meindel, ein wunderschöner Tag heut, gerade recht für einen Spaziergang.“

Die beiden sind so perplex, dass sie gar nichts sagen. Nur die Berg läuft rot an, und das steht ihr ausgezeichnet.

Am Nachmittag lädt uns Helene Finkernagel ins Café König ein. Das liegt direkt am Kurpark.

„Hier war ich früher oft mit meinen Eltern, bis die Nazis kamen und uns den Besuch von Cafés verboten haben. Das Café ist schon seit hundert Jahren in Familienbesitz.“

Die Finkernagel bestellt für alle Schwarzwälder Kirschtorte. „Die war schon vor 1933 ganz famos. Als Kind habe ich sie geliebt, und ich liebe sie noch heute.“

Am Abend lädt die alte Dame uns auch noch zum Rotwein zu sich nach Hause ein, ihre alte Freundin Maria Schüler kommt und will uns was erzählen.

„Walther von Wucklow", hören wir von Maria Schüler, „war von der nationalsozialistischen Bewegung voll überzeugt. Seit 1935 verwaltete der das Hofgut. In die Partei ist er schon vorher eingetreten, und zwar nicht wegen möglicher beruflicher Vorteile.

Seine Familie hatte im Osten nach dem Ersten Weltkrieg alles verloren. 1917 hat es ja nach dem Frieden von Brest-Litowsk im Osten noch ganz gut ausgesehen. Deutschland war Sieger über das Zarenreich geblieben. Den Friedensvertrag von Versailles und den Verlust des Memelgebiets und Westpreußens konnten die von Wucklows nicht verstehen. Da war die Dolchstoßlegende von einer Verschwörung dunkler Mächte gegen das Reich eine willkommene Erklärung. Wenn einem das jahrelang eingetrichtert wird, dann glaubt man das auch irgendwann. Wucklow war jedenfalls ein überzeugter Nazi, der ließ keine Nazifeier aus.

Er leitete das Hofgut mit harter Hand, hatte aber auch einige Erfolge. Er war einer der Ersten hier in der Gegend, der moderne Maschinen einsetzte. Durch seine Kontakte konnte er günstige Kredite besorgen, außerdem hieß es, er würde Geschäfte mit Juden machen. Kurz vor dem Krieg gab es dazu eine Untersuchung. Nach dem Einmarsch in Polen ist das aber alles in sich zusammengefallen.

Mit der Umstellung auf Kriegswirtschaft verlor das Hofgut viele Arbeitskräfte. Die wurden zunächst durch Fremdarbeiter ersetzt. Zu Beginn kamen die sogar freiwillig nach Deutschland, später wurden sie zwangsweise ins Reich gebracht. Allein hier in der Wetterau wurden mehr als 20 000 Zwangsarbeiter ausgebeutet, sie mussten die Männer ersetzen, die an der Front waren.

Die Vorschriften zum Umgang mit den Zwangsarbeitern – oder Ostarbeitern, wie die Nazis sagten – waren streng und eindeutig. In der Ideologie der Nazis waren das Untermenschen, die den Herrenmenschen zu dienen hatten. Sie durften zum Beispiel nicht am Tisch mit ihnen essen.

Aber Gesetze und Vorschriften sind eines, das Leben ist etwas anderes. Menschen verlieben sich unabhängig von Glaube und Herkunft. Meine Mutter wurde als junge Frau aus ihrer ukrainischen Heimat hierher verschleppt. Als Zwangsarbeiterin lebte sie auf einem kleinen Hof. Der Sohn des Bauern verliebte sich während eines Fronturlaubs in sie. So etwas nannten die Nazis Rassenschande. Welch ein Unsinn, meine Mutter hatte damals strohblonde Haare und blaue Augen, die wäre in jedem Propagandafilm als reinrassige Arierin durchgegangen. Ich bin das Erzeugnis dieser Rassenschande.

Der kleine Bauernhof meiner Großeltern grenzte direkt an den Gutshof. Deshalb hatten die Großeltern und auch meine Mutter regelmäßig mit von Wucklow zu tun.

Auf den kleinen Höfen hatte man sich immer schon weniger um die Vorschriften gekümmert als auf dem großen Hofgut. Die Zwangsarbeiter und später die Kriegsgefangenen wurden oft wie Familienmitglieder behandelt. Die saßen mit allen Familienmitgliedern am Tisch. Man war ja voneinander abhängig, ohne deren Hilfe hätten viele Höfe gar nicht bewirtschaftet werden können, man hätte weder säen noch die Ernte einbringen können.

Auf dem Hofgut war das natürlich anders. Wucklow war wie gesagt streng, aber er hatte auch hohe Vorgaben, da durfte er keine Nachlässigkeiten dulden.

Die Menschen, alle Menschen, haben schwer gearbeitet. Männer wie Frauen. Einmal, so erzählte es mir meine Mutter viele Jahre später, hat von Wucklow einen Zwangsarbeiter auspeitschen lassen, das soll so im Frühjahr 1943 gewesen sein.

Der Mann, eher noch ein Junge, hatte sich unerlaubt vom Hof entfernt. Er wollte nicht abhauen, er wollte nur zu dem Mädchen, in das er sich verliebt hatte. Einige sagen, er hätte noch Glück gehabt, woanders hätten sie ihn erschossen. Wie auch immer, er war nach dieser Behandlung wochenlang krank und konnte nicht arbeiten.

Der Krieg war Anfang April 1945 in der Wetterau zu Ende. Die SS hat in den letzten Märztagen noch ein Massaker an russischen Zwangsarbeiterinnen verübt. Auch auf den Hof kam die SS. Der Wucklow hatte davon aber Wind bekommen und alle Zwangsarbeiter zur Waldarbeit auf ein entferntes Grundstück im Vogelsberg geschickt. Er sagte, er könnte auch keine Fahrzeuge abstellen, so sind die Leute zu Fuß abgerückt mit Proviant für drei Tage, im Glauben, sie sollten Bäume fällen. Tatsächlich sind sie so der SS entkommen, und der Wucklow konnte, ohne zu lügen, sagen, dass die Zwangsarbeiter alle weg sind. Die SS hat sich dann nach Norden in Richtung Lauterbach abgesetzt. Am nächsten Tag kamen die Amerikaner.

Von Wucklow wurde bei seinem Entnazifizierungsverfahren als belastet eingestuft. Die Stelle als Gutsverwalter hatte er bei Kriegsende schon verloren, mit seiner Einstufung hätte er die auch nie wieder bekommen. Er kam dann aber doch mit einem blauen Auge davon und hat in Frankfurt eine Firma aufgemacht. Das Startkapital hatte er ja durch den Verkauf der Bilder, die einst den Finkernagels gehörten. Von Wucklow hat nach dem Krieg den Namen seiner Frau, Viktoria Reiffenberg, angenommen.

Hier in Echzell hat man lange über die Ereignisse im Hofgut des Nachbardorfs geschwiegen. Erst vor ein paar Jahren hat ein junger Historiker dokumentiert, dass Oberhessen schon lange vor der Machtübernahme tiefbraun gewählt hatte."

20.

Am Montag fahre ich zu den Peleshis. Über Interpol haben wir jetzt endlich die Antwort auf unsere Anfrage bekommen. In seiner Heimat hat Peleshi eine zweijährige Haftstrafe wegen schwerer Körperverletzung verbüßt. Er hatte nach einem Streit um eine Frau seinen Kontrahenten brutal zusammengeschlagen, mit einem Abschleppseil gefesselt und durch dessen Heimatort geschleift. Der Mann hat wochenlang mit dem Tod gerungen. Danach hat Peleshi sich laut Interpol nichts mehr zuschulden kommen lassen.

Heute arbeitet er bei einer Wohnungsbaugesellschaft als Hausmeister. Ich treffe ihn in seinem Büro, als er eine Liste mit langen Zahlenkolonnen, vermutlich Angaben zum Energieverbrauch, durchgeht.

„Guten Tag, Herr Peleshi!“, begrüße ich ihn freundlich, während er kaum die Lippen auseinanderkriegt. „Wie geht es der Tochter, alles in Ordnung mit der Schwangerschaft?“ Ich frage das, um ihn aufzuheitern, was mir aber nicht so recht gelingt.

„Ich komme noch mal wegen der Mordsache Reiffenberg. Sie hatten mir bei unserm letzten Gespräch gar nicht gesagt, dass Sie so leicht die Nerven verlieren.“ Jetzt schaut er mich zum ersten Mal an. „Ja, so ein Hausmeister muss sich doch sicher viel anhören. Die Mieter sind ja auch sehr anspruchsvoll und schwer zufriedenzustellen. Da wird doch bestimmt oft gemosert. Die da oben wollen Rendite sehen und schieben wichtige Reparaturen auf die lange Bank, und wir da unten müssen es dann ausbaden. Schlagen Sie dann auch gleich zu, wenn Ihnen jemand dumm kommt? So wie damals in Ihrer alten Heimat?“ Man kann richtig zuschauen, wie Peleshi seine Gesichtsfarbe verliert.

„Herr Kommissar, das war ein anderes Leben, mehr als

zwanzig Jahre her. Ich hab schlimmen Fehler gemacht, und ich habe dafür gebüßt. Zwei Jahre Gefängnis in Kosovo, da ist sehr hart. Danach ich habe geschworen, dass ich nie wieder etwas mache, was mich bringt ins Gefängnis. Ich habe mit meiner Frau gesprochen und mit Lindita. Sie wird das Kind bekommen und trotzdem Abitur machen und studieren. Familie von Reiffenberg will helfen. Wir haben so gesprochen.

Weißt du, in Kosovo Männer sind sehr stolz. In Deutschland Frauen sind stärker, weil Frauen sind klüger. Ich frage: Welcher Rat ist besser: stolz oder klug? Ich besuche Reiffenberg. Ich schlage Reiffenberg, ich aber nicht töte Reiffenberg. Du musst glauben und nix sagen zu Firma. Diese Arbeit ist jetzt mein Leben."

„Das hört sich ja sehr gut an, aber ob es die Wahrheit ist? Als Hausmeister sind Sie ja sicher ein guter Handwerker."

„Ich sehr gut als Handwerker. Ich machen Elektro, Wasser, auch Arbeiten mit Holz. Aber ich habe nix Pfahl gebaut, für Falle von Reiffenberg. Warum? Ich sage, warum! Woher soll ich wissen, dass Reiffenberg fährt jeden Tag mit Fahrrad Berg hoch? Soll ich fragen Leute nach Tagesplan Reiffenberg? Leute würde fragen, warum du wollen wissen. Ich lese in Zeitung Reiffenberg fahren jede Morgen vor Schule auf Berg. Ich gehe um halb sechs aus dem Haus. Sechs Uhr beginnt Arbeit, ich immer vorher da. Um die Zeit Reiffenberg liegt noch im Bett und schläft."

Das hört sich alles viel zu plausibel an. Ich gebe ihm die Hand und sage, dass ich vorerst keine weiteren Fragen habe. Von seinem Arbeitgeber wolle ich erst mal auch nichts wissen. Da könne er beruhigt sein.

„Da fällt mir aber noch was ganz andres ein. Haben Sie hier im Block eine Wohnung frei?"

„Ja!", sagt er schnell. „Du suchen Wohnung?"

„Nicht für mich, für einen Freund."

Er gibt mir die Nummer der Verwaltung. Ich stecke die Nummer ein und habe eine gute Idee.

Am nächsten Morgen vereinbart der Jockel einen Termin zur Wohnungsbesichtigung. Noch am Vormittag trifft er sich mit Frau Krüger aus der Verwaltung. Er legt eine richtig gute Nummer hin. Die Wohnung gefalle ihm ja sehr gut, aber er habe ein Problem. Er sei Wissenschaftler und könne überhaupt nicht mit Hammer und Schraubenzieher umgehen.

„Wenn etwas kaputt geht, dann steh ich voll auf dem Schlauch. Ich kann vielleicht mal eine Glühbirne austauschen, mehr aber auch nicht."

„Da mache Se sisch abber gar keine Sorje. Mir habbe en richtisch guude Hausmeister, der hilft Ihne schnell und gut."

„Ja, wissen Sie, ich bin da manchmal ein bisschen, wie soll ich sagen, schwierig."

„Da brauche Sie gar keine Befürchtunge habbe, unser Hausmeister, de Herr Beleschi, das ist eine Seele von Mensch. Die alte Dame wolle gar kei Fimma mehr habbe. Schick mir den Herrn Beleschi, der mecht des schon, sache die alte Dame."

Jockel sagt, er hatte den Eindruck, dass die Frau Krüger von der Verwaltung das ganz erst meinte. „Die lässt auf den Peleshi nichts kommen. Scheint, dass der raus ist."

So schnell ist bei mir keiner draußen. Sieht aber wirklich so aus, als müsste ich die Ermittlungen in andere Richtungen ausweiten.

Als ich am Abend zum Günni komme, muss ich mir erst mal die Augen reiben. Da sitzt der Jockel zusammen mit der Sabine, die Mutti und die Tante Jutta sind mit dabei, und auch die Silke hat sich dazugesellt. Zu fünft brüten sie über einem Stück Papier.

„Na, habt ihr ein todsicheres Lottosystem entwickelt?"

„Quatsch, das ist die Feinplanung für das Programm der Gäste aus Meuselwitz!", sagt die Mutti. Auf einem Briefbogen haben sie das Besuchsprogramm für die nächsten Tage aufgestellt.

„Das habt ihr ja generalstabsmäßig ausgearbeitet", sage ich voller Anerkennung. „Da ist ja jede Stunde genau verplant. Was macht ihr denn, wenn die eigene Vorstellungen haben, wie sie ihre Zeit verbringen wollen?"

„Papperlapapp!", sagt die Tante Jutta. „Bei dem Programm werden die sicher begeistert sein. Wir zeigen denen, was das Dorf und die Wetterau zu bieten haben."

„Habt ihr auch mal daran gedacht, nach Frankfurt zu fahren? Flughafen, Zeil, Sachsenhausen, die Skyline?"

„Die Skyline, die können die von hier aus viel besser sehen!", sagt die Silke, aber irgendwie gucken sie jetzt alle ein bisschen betroffen.

„Wir müssen doch auch noch etwas für den nächsten Besuch übrig haben!", rettet Jockel die Situation.

21.

Am nächsten Tag muss ich früh Schluss machen, weil die Mutti und die Tante noch kräftig einkaufen wollen. „Unsere Hausgäste reisen schon heute Abend an, so sind sie länger da“, freut sich die Tante Jutta wie ein Schulmädchen.

„Na, dann könnt ihr doch mit denen einkaufen gehen!“, schlage ich vor, davon wollen die zwei aber nichts hören.

Also machen wir drei die große Runde und laden den Kofferraum von meinem Benz so voll, dass ich Angst habe, die Achse bricht.

Um fünf sind wir wieder daheim. Eine halbe Stunde später geht das Telefon. Die Gäste haben gerade die Autobahnabfahrt genommen und sind bald da. Das werden harte Tage werden. Die beiden Damen sind jetzt so aufgeregt wie beim Tanzschulabschlussball.

Keine zwanzig Minuten später klingelt es an der Tür. Die Tante Jutta fragt mich, ob ich nicht was anderes zu tun habe. So schnell lasse ich mich aber nicht loswerden.

„Ach Tante, ich helf doch gerne“, sage ich und mach mir‘s auf dem Sofa bequem.

Unsere Gäste stellen sich als Richard und Eugen vor. Sie sind der Vorstand des Meuselwitzer Partnerschaftsvereins und wahrscheinlich auch die einzigen Aktiven.

„Das ist ja wirklich wunderschön bei euch!“, schmeichelt sich der Richard gleich ein.

„Nach euren Mails haben wir uns das ganz anders vorgestellt“, sagt der Eugen.

„Mails?“, frage ich, „kennt ihr euch denn schon länger?“

„Das kann man wohl sagen“, nickt der Richard. „Seit dem Besuch vor einem Jahr bei uns stehen wir in regem Kontakt miteinander“, und der Mann legt seinen Arm um meine Mutter, ohne dass die sich wehrt. Das gab es noch nie!

Später kommt auch noch raus, dass sie im November zusammen auf ein Seminar für Städtepartnerschaftsaktivisten nach Berlin fahren wollen.

„Der Richard", sagt die Mutti, „war mal Bürgermeister in Meuselwitz. Er und Pfarrer Kutscher", sie nickt Eugen zu, „haben die Partnerschaft ins Leben gerufen. Ohne die beiden würden wir hier jetzt nicht sitzen."

Ich denke mir: Was wäre schlimm daran?, sage aber: „Ja, das ist wirklich schön!"

„Als Pfarrer", frag ich dann schon wieder halb dienstlich, „haben Sie da auch schon mit bibeltreuen Christen zu tun gehabt?"

„Das will ich meinen, seit meiner Pensionierung leite ich die Arbeitsgruppe ‚Umgang mit Sektierern', die die thüringische Landeskirche ins Leben gerufen hat. Bei uns in Thüringen haben sich nach der Wende viele Sektierer und Abweichler breitgemacht und verführen die Menschen."

„Da hätte ich mal ein paar Fragen …"

„Aber bitte nicht jetzt!", unterbricht mich die Mutti, „lass unsere Gäste doch erst mal richtig ankommen!"

Zwei Stunden später sitzen wir in großer Runde im ersten Haus am Platz. Die „Scheune" gibt sich mit ihrem Namen etwas bescheiden, aber der Koch und Inhaber Herbert Braun ist ein wahrer Künstler. Früher hat er sogar mal auf einem dieser exklusiven Kreuzfahrtschiffe gearbeitet. Die Scheune genießt wegen seiner Kochkunst einen guten Ruf in der ganzen Wetterau. Weil es draußen schon recht kühl ist, hat Herbert ein schönes Feuer im Kamin gemacht. Ein angenehmer Duft durchzieht das ganze Restaurant.

Und dann beginnt das partnerschaftliche Festessen. Dachte ich. Nach dem verheißungsvollen „Gruß aus der Küche" nimmt aber erst mal der Bürgermeister sein Glas und hebt zu einer seiner berüchtigten Reden an. Er lobt die Partnerschaft als Begegnung von Menschen.

„Tiere brauchen auch keinen Verein, um sich zu treffen", flüstere ich dem Jockel zu.

„Bei denen gibt es aber auch nicht so gutes Essen wie bei uns!", gibt er zurück.

„Hier treffen sich Menschen mit ähnlichen Berufen und Ansichten und stellen sehr bald fest, dass das Trennende so einfach zu überwinden ist, wenn man den Menschen, das Menschliche in den Mittelpunkt stellt."

Meine Güte. Wenn ich mir die Mutti und die Tante Jutta mit den Gästen aus Meuselwitz so anschaue, dann finde ich, dass das Menschliche allzu sehr in den Mittelpunkt gestellt wird. Als der Bürgermeister dann von der deutschen Teilung anfängt, wo die ihren Anfang genommen habe und dass man für das Geschenk der deutschen Einheit immer dankbar sein müsse, geh ich aufs Klo. Wenn ich Raucher wäre, würde ich mir dort eine dicke Zigarre anstecken und hoffen, dass der Bürgermeister nicht länger redet, als ich rauche. Als bekennender Nichtraucher muss ich aber früher zurück und erlebe den Bürgermeister noch beim Philosophieren.

„Nicht alles, was zusammengehört, wächst auch zusammen. Dafür braucht man Gärtner, die die Pflanze der Einheit hegen und pflegen. Unsere Partnerschaftsvereine sind solche Gärtner. Darauf erhebe ich mein Glas."

Bevor auch noch der „Altbürgermeister" – Richard Schäfer wird tatsächlich so vorgestellt –, seine Rede hält, gibt es erst einmal die Vorspeise. Die Hühnersuppe ist unbeschreiblich, wer weiß, wie viele Hühner Herbert Braun dafür geopfert hat. Fast alles, was bei ihm auf den Teller kommt, hat er selbst gezüchtet, geerntet oder geschossen, vor allem das Wild, das für nachher angekündigt ist.

Richard Schäfer ist ein begnadeter Redner, der auf die Bedürfnisse seiner Zuhörer eingeht. Nach gefühlten drei Minuten ist alles gesagt, und Braun darf endlich auftragen. Rehrücken mit selbst gemachten Spätzle und zum Nachtisch selbst gemachtes Feigeneis und heißer Schokoladenkuchen.

Das Essen ist echt ein Gedicht, da müssten sich sogar die Mutti und die Tante Jutta anstrengen.

Nachher gehe ich noch mit Jockel und Sabine zum Günni, ich will die Silke sehen, die heute leider arbeiten muss. Wir erzählen ihr von dem Abend, und dann frage ich die Silke, ob sie morgen Lust hat, am Programm teilzunehmen. Irgendwie hab ich ein bisschen Angst, dass sie Nein sagen könnte.

„Na klar, ich habe doch daran mitgearbeitet, da will ich auch mitmachen. Abends muss ich aber wieder arbeiten. Was ist mit dir, Kalli?"

„Ich bin dabei!", sage ich mit etwas zu viel Begeisterung. Silke fängt bei meinen Worten so zu grinsen an, dass ich auch lachen muss. Ich bleibe dann aber nicht bis zum Sendeschluss.

Was ich in der Bachgasse 20 zu sehen bekomme, kann ich erst gar nicht glauben. Man muss sich das mal vorstellen: 37 Jahre lang war ich der Mittelpunkt des Lebens meiner Mutter und irgendwie auch meiner Tante Jutta, die ja nie verheiratet war. 37 Jahre lang drehte sich in diesem Haus alles nur um mich. Wenn ich Husten hatte, sorgte man sich um mich, hatte ich gute Schulnoten, fing der Sommer an. Seit ich bei der Kriminalpolizei bin, fiebern die beiden bei allen meinen Fällen mit, und nicht selten helfen sie mir bei der Aufklärung. Und jetzt sitzen die beiden Damen mit zwei Männern bei Kerzenlicht und Rotwein und ignorieren mich!

Mein freundliches „Genowend, sacht mer bei uns in Oberhesse!" wird genauso wenig zur Kenntnis genommen wie mein nachgeschobenes „Bei uns grüßt man mit Guten Abend!".

Am liebsten würde ich jetzt zurück zum Günni gehen, aber das geht irgendwie auch nicht. Also verdrücke ich mich in meine Wohnung unter dem Dach und ziehe mir die Dire Straits per Kopfhörer rein.

22.

Heute ist Feiertag. Aus den Lautsprechern dröhnt die Moldau von Bedrich Smetana, und die vier arbeiten schon wie zwei eingespielte Paare in der Küche. Mein Kopf dröhnt von zu viel Bier oder zu wenig Schlaf oder beidem. Der Frühstückstisch ist reichlich gedeckt, draußen scheint die Sonne, es wird ein schöner Tag.

„Der Tisch ist ja noch schöner gedeckt als beim Herbert Braun", sage ich. Sogar Blumen stehen auf dem Tisch. Der Kaffee duftet, und meine Kopfschmerzen verschwinden schon von dem Geruch.

„Wir haben prächtig geschlafen, auch wenn es etwas ungewohnt ist, wenn zwei alte Männer im Doppelbett liegen."

„Da habt ihr recht, vielleicht ist es besser, wenn ich ein paar Tage zu Hedwig ziehe, dann kann der Eugen mein Zimmer haben", sagt Jutta.

Ich erkenne meine Tante nicht mehr. Die beiden Kerle sind keine zwei Tage hier, und die Tante würde ihr Zimmer räumen. Was ist dann erst morgen oder übermorgen zu erwarten? Das mag ich mir gar nicht ausmalen.

„Um Gottes Willen, Jutta, das muss doch nun wirklich nicht sein, wir zwei kommen schon klar, nicht wahr, Richard?"

Richard nickt und wird mir gleich etwas sympathischer.

„Was steht eigentlich heute auf dem Programm", will ich wissen.

„Na, zuerst geht es durchs Dorf. Immerhin haben wir eine lange Geschichte zu präsentieren. Hier verlief vor fast 2000 Jahren der Limes, die Römer hatten hier ein Kastell errichtet. Vor ein paar Jahren wurde hier eine bedeutende Statue gefunden, die dem römischen Gott Jupiter gewidmet ist, und im Museum gibt es auch noch einiges zu sehen. Nachher besichtigen wir noch das Schloss im Nachbardorf, und am Nachmittag schauen wir uns etwas ganz Besonderes an: Der Landkreis und die beiden Kirchen machen zusammen eine spannende Aktion, ‚Kunst in Kirchen' heißt die. Dabei präsentieren junge Künstler moderne Kunst in alten Kirchen. Heute ist der letzte Tag, und viele Künstler sind auch da. Am Abend ist dann der offizielle Empfang der Stadt im Rathaus."

Na, da weiß ich schon, wo ich nicht dabei sein werde. Noch so einen Redemarathon, das schaffe ich nicht.

Nach einem viel zu kurzen Mittagessen frage ich den Eugen nach seinen Erfahrungen mit den bibeltreuen Christen.

„Da gibt es mittlerweile unzählige Untergruppen, einige wenige von denen nennen sich katholisch, die meisten sind protestantisch auf irgendeine Weise. Viele haben echten Missionseifer und wollen Ungläubige bekehren. Darin unterscheiden sie sich nicht von den fundamentalistischen Muslimen. Die glauben, dass durch ihren festen Glauben die Welt gerettet werden könnte."

„Und was ist, wenn sich ihnen jemand in den Weg stellt?"

„Das kann man pauschal nicht beantworten. Die setzen einiges daran, ihre Ziele zu verwirklichen. Es hängt halt viel von den einzelnen Menschen ab."

„Wie weit würden die denn gehen?"

„Na ja, wie gesagt, es hängt von den Akteuren ab."

„Könnten die auch einen Mord begehen?", bohre ich weiter.

„Mord?", fragt Pfarrer Kutscher jetzt skeptisch. „Mord ist eine Todsünde, das widerspricht dem sechsten Gebot."

„Ist Ihnen so ein Fall mal im Rahmen Ihrer Arbeit in dem Arbeitskreis begegnet?"

„Nein, so was habe ich bisher nicht erlebt!"

„Halten Sie es trotzdem für denkbar, dass jemand zu solch dramatischen Mitteln greift?"

„Wenn er die Bibel kennt und danach lebt, halte ich das für ausgeschlossen. Es gibt aber auch ein paar Spinner, die sich nur auf einzelne Teile der Bibel beziehen, wie etwa den Thessalonicher-Brief."

„Denkst du jetzt an den Prediger aus Gedern?", mischt sich die Tante Jutta ein.

„Ja, aber ich weiß nicht, wie ich an den rankommen soll. Ich wüsste auch gern mehr über sein Vorleben in Frankfurt. Aus den Akten ist da nichts rauszukriegen. Will heißen: Bei uns ist er niemals in irgendeiner Weise aufgefallen."

„Ich glaube, ich habe da eine Idee", sagt die Tante Jutta und grinst den Eugen schelmisch an.

Den Abend verbringe ich beim Günni. Ich bin quasi mit der Silke allein. Die Stammgäste sind wohl alle im Rathaus und hören sich die Reden der Politiker an.

Um zehn macht Günni die Kneipe zu, obwohl ich noch Durst habe.

„Kalli, nur für dich hab ich keine Lust, hier zu stehen und auch noch die Silke zu bezahlen, das rechnet sich echt nicht."

„Wollen wir noch ins Rathaus?", fragt mich jetzt die Silke.

Ich wäre ja gerne noch ein bisschen mit ihr zusammen, aber da sind mir zu viele Leute.

„Da sind mir zu viele Leute!", sage ich.

„Willste noch mit zu mir, dann kannst du mir von dem Fall erzählen?"

Lust hätte ich schon, aber ich habe Angst, dass ich mich hinreißen lasse und dann etwas kaputt gehen würde, was ganz unbedingt heil bleiben muss. Die Nacht mit der Biggi ist mir noch in frischer Erinnerung, das möchte ich mit der Silke auf gar keinen Fall erleben, dazu ist mir diese Beziehung einfach zu kostbar.

23.

Am nächsten Morgen fahre ich ins Polizeipräsidium. Ich will im Umfeld der BavariaWind weiter recherchieren. Die Tante Jutta und den Eugen nehme ich bis zum Friedberger Bahnhof mit. Von dort wollen sie mit dem Zug nach Frankfurt fahren.

„Na, wollt ihr doch nicht das ganze schöne Programm durchziehen? Ihr habt euch doch so viel Mühe bei der Vorbereitung gegeben?“, frage ich etwas boshaft.

„Manchmal muss man eben kurzfristig improvisieren, wenn sich etwas Besseres bietet”, gibt die Tante Jutta zurück und knallt die Autotür zu.

Im Büro besuche ich erst mal die Biggi. Irgendwie quälen mich Schuldgefühle, dabei war sie an unserem One-Night-Stand genauso beteiligt wie ich. Dr. Roth kommt heute später, er hat einen Termin beim Landrat. Der ist zwar seit einer Reform vor ein paar Jahren nicht mehr für die Polizei zuständig, kann aber trotzdem noch ganz schön Druck machen, und das mag unser Dr. Roth überhaupt nicht gerne.

Wir sitzen gemütlich beim Kaffee, und Biggi erzählt mir von einem neuen Rendezvous, da reißt der Roth die Tür auf. Seine Gesichtsfarbe macht seinem Namen alle Ehre. Als Gesundheitsfreak ist er alle Treppen gelaufen und ringt jetzt nach Atem.

„Die Medien machen Druck, der Schwiers vom Kreisanzeiger hat einen heftigen Kommentar geschrieben, jetzt brauchen wir Erfolge in der Mordsache Reiffenberg! Mann, Wetz, was ist los mit Ihnen? Ich dachte, Sie sind mein bester Mann, und jetzt enttäuschen Sie mich so. Ich glaube, es war ein Fehler, Sie das allein machen zu lassen. Der Fall wächst Ihnen doch über den Kopf. Ich denke, es ist jetzt an der Zeit, eine Ermittlungsgruppe einzusetzen.“

Das ist aber blöd. Denn ich arbeite schon immer offiziell solo, wenn auch mit tatkräftiger Unterstützung nicht genannter Helfer.

„Geben Sie mir noch eine Woche!", sage ich deshalb. „Ich habe den Kreis der Verdächtigen schon deutlich eingegrenzt."

„Was heißt hier eingegrenzt?", fragt er ungehalten. „Wie viele stehen denn auf Ihrer Liste? Vier, fünf? Ach, ich will es gar nicht wissen. Aber es muss etwas passieren. Setzen Sie sich mit Goldt zusammen und verfassen Sie eine Pressemitteilung. Da will ich aber was Positives drin stehen haben. Ist das klar?"

„Jawoll!", sage ich und stehe nicht nur innerlich stramm.

„Und die Pressemitteilung geht heute noch raus, kriegen Sie das hin?"

„Sicher, positive Pressemitteilung. Geht heute noch raus!"

Der Druck, den der Roth jetzt macht, passt mir gar nicht. Ich wollte nämlich heute früh weg und am Wochenende bei den Partnerschaftsfeiern dabei sein. Die Silke hat sich extra freigenommen.

Für die Pressemitteilung brauche ich mit Goldt keine halbe Stunde. Ich bin immer wieder fasziniert, wie es dem Goldt gelingt, auch mit wenig Brauchbarem eine fundierte Pressemitteilung zu basteln.

Danach rufe ich die Mutti an, sie soll sich gemeinsam mit Richard in Echzell bei BavariaWind nach Investitionsmöglichkeiten erkundigen. Und sie soll auch fragen, wie es mit den Verzögerungen aussieht und wie man mit denen fertig wird.

Ich selbst fahr noch mal nach Frankfurt. Die Reiffenbergs sind für mich noch lange nicht aus dem Schneider.

„Meine Mutter ist seit Montag in der Klinik. Der Tod von Malte hat sie sehr geschwächt, viel mehr, als wir dachten. Malte war anders, er war schwierig, aber er war auch ihr Sohn, und er war mein Bruder." Im Gegensatz zu seiner Mutter wirkt Linus Reiffenberg auf mich sehr aufgeräumt.

„Haben Sie schon Post von der Staatsanwaltschaft wegen des Einbruchs bei Herrn Kaltschnee?", frage ich deshalb, um ihn ein bisschen runterzuholen.

„Ja, hab ich, mein Anwalt meint, dass ich da glimpflich davonkomme. Mit dem Herrn Kaltschnee hab ich mich schon geeinigt. Es war ja eine Ausnahmesituation."

„Das kann man wohl sagen. Ihre Firma steht ja nicht so gut da, da wurde Ihr Bruder wohl ziemlich gefährlich."

„Ich verstehe nicht ganz."

„Wenn Sie der Finkernagel die Bilder ersetzen müssten, würde Ihre Firma das kaum überleben, ich habe das nachgeprüft. Ihr Unternehmen steht finanziell am Abgrund."

„Da habe ich Neuigkeiten für Sie, Herr Kommissar. Mit Frau Finkernagel haben wir uns geeinigt. Sie hatte ja schon vor dem Tod von Malte angerufen und eine Lösung in Aussicht gestellt."

„Inwiefern hatte sie eine Lösung in Aussicht gestellt?"

„Warten Sie mal, ich glaube, wir haben den Anruf von Frau Finkernagel noch nicht gelöscht. Kommen Sie bitte mit ins Arbeitszimmer, dort können wir das Gerät abhören."

Im Wohnzimmer erklärt er mir, dass die Telefonanlage noch ziemlich neu sei und er noch keine Gelegenheit gehabt habe, die Beschreibung durchzulesen. Trotzdem findet er gleich den richtigen Knopf, um mir den Anruf vorzuspielen.

„Hallo, hier ist die Frau Finkernagel aus Echzell. Ich wollte Sie in einer Angelegenheit sprechen, aber Sie sind ja nicht zu Hause. Rufen Sie mich bitte an, meine Nummer ist, ähm, die steht im Telefonbuch, schauen Sie da bitte nach!" Nach einer Pause hört man die Finkernagel wieder: „So, wo muss ich jetzt drücken? Ach Gott, ach Gott, ich will doch keinen Unfrieden stiften." Wieder Pause, dann wird der Hörer aufgelegt.

„Die letzten Worte hat sie vermutlich zu sich selbst gesagt“, kommentiert Reiffenberg. „Für uns war damit klar, dass wir von ihr nichts zu befürchten haben, nicht so, wie sich das der Malte gedacht hat. Der Bericht von meinem Bruder hätte uns natürlich trotzdem schaden können, wenn er unkommentiert in die falschen Hände geraten wäre.“

„Haben Sie die Frau Finkernagel damals eigentlich zurückgerufen?“

„Ja, haben wir, und wir haben uns gestern, am Feiertag, auch getroffen. Wir sind zusammen zum alten Hofgut gefahren, das soll ja jetzt von der Gemeinde touristisch entwickelt werden. Ich war da ewig nicht mehr, das letzte Mal mit meinem Großvater vor 25 Jahren. Wie auch immer: Die Frau Finkernagel hat gesagt, sie habe keine Ansprüche an uns. Wir sollten jedoch einen namhaften Betrag an Yad Vashem spenden. Das ist die zentrale Gedenkstätte für den Holocaust in Israel. Das haben wir auch versprochen.“

„Das passt Ihnen sicher ganz gut, gerade vor dem Hintergrund der Geschäfte mit Ihren israelischen Partnern”, muss ich jetzt sagen.

„Ach, wissen Sie, die sind da ganz pragmatisch. Geschäft ist Geschäft, und Politik was ganz anderes. Das Geschäft mit den Israelis steht jetzt kurz vor dem Abschluss, Sie hatten mit Ihrer Aussage vorhin recht. Ohne den Auftrag würde es schlecht für die Firma aussehen. Aber jetzt sind wir gerettet.“

Er macht eine Pause und fährt dann fort: „Herr Kommissar, ich habe meinen Bruder zeit seines Lebens nie gemocht, ich sage das ganz ehrlich. Malte war ein egozentrisches Arschloch. Mit der Firma wollte er nichts zu tun haben. Wenn ihm die Mutter ein paar große Scheine zugesteckt hat, und das kam oft vor, dann hat er die gerne genommen. Wie sollte er auch von seinem Lehrergehalt zwei Autos finanzieren und die Wohnung? Dazu hatte er ein teures Hobby. Meinen Sie, der hätte sich sein Mountainbike im Kaufhaus bestellt? Nee, das Teil kostete fast fünftausend Euro, damit hat er angegeben. Und dann die teuren Reisen. ‚Trainingslager' hat er dazu gesagt. Der war ja in fast allen Ferien unterwegs, meist auf den Kanarischen Inseln. Nein, nein, der hat von der Firma ganz schön profitiert und uns gleichzeitig unsere Geschäfte vorgeworfen, das ging mir schon echt auf die Nerven."

„Wussten Sie, dass Ihr Bruder Vater werden würde?"

„Nein, ich habe davon erst bei Ihrem letzten Besuch erfahren."

„Wo liegt denn Ihre Mutter in der Klinik?", frage ich abschließend.

„Im Markus-Krankenhaus, in der geriatrischen Abteilung."

Dr. Lach ist der Chefarzt der Geriatrie und endlich mal ein Arzt, der nicht mit irgendwelchen ärztlichen Fachausdrücken Eindruck schinden will, sondern sich so ausdrückt, dass man ihn auch versteht. Der Mann ist mir auf Anhieb sympathisch.

„Zu uns kommen ältere Patienten mit unterschiedlichen Krankheitsbildern, eben denen, die im Alter auftreten. Bei Bedarf ziehen wir dann Kollegen zu Rate. Die Frau Reiffenberg ist durch den Tod ihres Sohnes ziemlich geschwächt. Sie leidet schon sehr lange an einer Herzschwäche, deswegen ist die aktuelle Krankheit auch nicht sehr überraschend."

„Kann ich mit ihr sprechen?"

„Ich denke, ja, sie ist ziemlich stabil. Sie ist an Geräte angeschlossen. Wenn sie sich zu sehr aufregt, geben die Alarm, dann ist Ihr Gespräch zu Ende. In Ordnung?"

„Ja, okay!"

Frau Reiffenberg erzählt mir, dass sie vor ein paar Tagen mit Familie Peleshi gesprochen hat.

„Die waren bei uns in Frankfurt, ich hatte sie ja telefonisch eingeladen. Ich hatte zuerst Bedenken gegen die Leute vom

Balkan. Aber die Lindita ist eine ganz Liebe und ihre Mutter auch. Der Vater ist so ein bisschen ein düsterer Typ, mit dem wurde ich nicht so richtig warm. Wir haben uns einen Enkel gewünscht in einer richtigen Familie. Es ist so traurig, dass der Malte nicht mehr da ist. Aber für das Kind werden wir sorgen, es wird ihm an nichts fehlen, das haben mein Mann und ich schon geklärt. Das ist auch gesichert, wenn wir mal nicht mehr da sind. Da habe ich kein so großes Vertrauen in den Linus, er hat sich mit seinem Bruder nie gut verstanden. Lindita hat versprochen, uns regelmäßig zu besuchen, und ab und zu dürfen wir das Kleine bei uns haben. Mein Mann freut sich auch, er hat sich ja immer einen Enkel gewünscht, der nach unseren Kindern mal die Firma übernehmen kann. – Haben Sie den Mörder meines Sohnes schon gefunden?"

„Noch nicht, aber ich bin dicht dran." Das glaube ich zwar selbst nicht, aber das kann ich der Frau in dieser Situation nicht sagen.

Ich fahr dann gleich ins Labor, vielleicht ist der Thomas Ludwig noch da. Ich habe vor dem Gespräch mit Linus Reiffenberg eine Probe aus dem Radkasten seines Wagens genommen.

Im Labor ist der Thomas Ludwig noch mit dem Abgleich von zwei Proben beschäftigt.

„Setz dich und beschäftige dich ein bisschen mit Leo, der fühlt sich heute so vernachlässigt."

Als der Hund seinen Namen hört, schaut er auf und spitzt die Ohren. Da mache ich einen entscheidenden Fehler. Ich lächle dem Hund aufmunternd zu. Der rappelt sich langsam auf und trottet auf mich zu.

„Halt mir das Vieh vom Leib!", rufe ich noch.

„Ach, der will doch nur spielen!", beruhigt mich LL und wirft mir ein altes Handtuch über die Beine. „Du kommst ja auch bald dran."

Manchmal hat man das Gefühl, dass einem die Zeit unter den Händen zerrinnt. Am Wochenende, im Urlaub oder an schönen Abenden zu zweit kann man so was immer wieder erleben. Wer auch mal wissen will, wie langsam Zeit vergehen kann, der sollte sich dem Schmusebedürfnis einer Dänischen Dogge anvertrauen. Zuerst wirft das Vieh seinen ungefähr 50 Kilogramm schweren Kopf in deinen Schoß, dass du Angst um deine ungeborenen Kinder bekommst. Wenn der Kopf und das Kinn, die Backen und die Ohren gut durchgekrault sind und das Handtuch auf deinem Schoß vollständig durchgesabbert ist, dann kommt die Kür der Sportart „Dogge beschmusen". Das Vieh hat ungefähr eine Felloberfläche von drei Quadratmetern, und jeder einzelne Quadratzentimeter will gekrault sein. Diese Art von Kraulen verlangt ganzen Körpereinsatz, da reicht es nicht, mal mit den Fingern durchs Fell zu streichen, da braucht es Druck und Einsatz.

Nach ungefähr zehn Minuten krampfen meine Finger. Aber Leo verlangt mehr, und wer in diese Augen blickt, der gibt auch mehr. Jede längere Kraulunterbrechung quittiert Leo mit einem kurzen Knurren. Aus der Tiefe seines gewaltigen Brustkorbs wird daraus ein Furcht einflößendes Geräusch.

„Leo, Schluss jetzt!", erbarmt sich Thomas Ludwig endlich. „Auf, geh an deinen Platz!"

Und brav wie ein kleiner Schoßhund trollt sich Leo zu seinem Platz unter Ludwigs Schreibtisch.

„Was hast du denn für mich? Wieder so eine tolle Probe wie beim letzten Mal?", frotzelt der Laborheini.

„Nee, mach dich mal locker, heute habe ich mir mehr Mühe gegeben. Schau doch mal drauf und vergleich es mit der Bodenprobe, die ich dir neulich gegeben habe."

„Die habe ich mir übrigens noch mal genauer angeschaut. Bei den Proben aus dem Radkasten waren winzige Spuren der gleichen Erde, die du von der Ostseite des Wannkopfs genommen hast. Ob das als gerichtliches Beweismittel gelten kann, halte ich für fraglich, dafür ist die Probe zu gering. Ich kann sagen, dass er irgendwann mal dort war, aber das kann auch sehr lange zurückliegen."

Nach zehn Minuten hat er auch die neue Probe analysiert.

„Tut mir leid, die Probe von Reiffenbergs Auto ist eindeutig negativ. Mit dem Auto war er nicht am Wannkopf, es sei denn, er hätte es danach professionell reinigen lassen."

Richtig weiter bringt mich das jetzt nicht. Günther kann den Weg auch benutzt haben, ohne etwas Schlechtes im Schilde zu führen. Das ist ein beliebter Promilleweg, der von vielen als Abkürzung genommen wird.

Mir reicht es für heute, ich muss sowieso die Hose wechseln. Ich verabschiede mich von LL, und auch der Leo schaut auf. Ich winke dem Köter noch freundlich zu, doch bevor der sich in freudiger Erwartung aufgerappelt hat, bin ich schon aus der Tür.

24.

Für den Samstag haben die Mutti und der Richard etwas ganz Besonderes geplant. Es soll „Mutzbraten" geben, eine thüringische Spezialität. Nur die Tante Jutta fehlt und mit ihr der Eugen.

„Die beiden haben sich in einem Hotel einquartiert", sagt die Mutti, „die haben noch was zu erledigen."

Dabei geht sie meinen kritischen Blicken aus dem Weg.

„Gut, wir leben in einem freien Land, und jeder kann tun, was er will. Aber wenn eine Frau von fast siebzig sich auf Liebesabenteuer einlässt, das ist doch irgendwie schon ..."

„... reizend ist das, junger Mann", mischt sich der Richard ein. „Kalli, sei doch nicht so konservativ, wir Menschen haben nur ein Leben, und das hört nicht mit dreißig oder vierzig auf. Es will gelebt werden in allen seinen Facetten und Möglichkeiten, mit zwanzig, mit vierzig und auch noch mit siebzig oder achtzig."

Das hört sich in der Theorie ganz gut an, aber in der Praxis möchte ich mir das lieber nicht vorstellen. Der Mutti ist das etwas peinlich, ich weiß aber nicht, ob sie sich für mich oder für die Tante Jutta schämt. Irgendwie habe ich das Gefühl, dass die Mutti viel mehr mit Richard verbindet, als mir lieb ist.

„Die Jutta und der Eugen kommen wahrscheinlich erst am Sonntagabend wieder, sie haben morgen noch einen wichtigen Termin, hat die Jutta am Telefon gesagt. Kannst du mir dann beim Kochen helfen?", fragt mich die Mutti.

„Du, das ist jetzt ganz schlecht", sage ich, „weil ich muss noch zu der Frau Finkernagel, und mit dem Jockel muss ich auch noch was besprechen."

„Das ist gar kein Problem, ich helfe dir doch gerne!", sagt schnell der Richard. Und das ist mir nun auch wieder nicht recht.

Bevor ich zu der Frau Finkernagel gehe, schaue ich noch bei der Silke vorbei. Ich habe zwei Konzertkarten für Paddy goes to Holyhead in Friedberg für heute Abend. Auf das Konzert habe ich mich schon lange gefreut. Eigentlich wollte ich die Biggi dazu einladen, aber mit ihrer neuen Liebe hat die eh kein Interesse, und die Silke wäre mir als Begleitung jetzt lieber.

Die Silke macht mir noch ganz verschlafen die Tür auf. Total verpennt sieht sie aus, die Haare wirr, ungeschminkt und ungeduscht, und plötzlich habe ich das Gefühl, dass vor mir die Frau steht, mit der ich morgens aufwachen möchte.

„Was willst du denn so früh hier?", fragt sie nicht unfreundlich.

„Ach, ich kam grad vorbei und wollte dich fragen, ob du Lust hast, mit mir auf ein Konzert von Paddy goes to Holyhead zu gehen. Ich habe für heute Abend zwei Karten für das Konzert in Friedberg."

„Oh Mann, Kalli, heut Abend ist eine Lesung, auf die ich gehen wollte."

„Das ist mir zu theoretisch, ich will lieber ein bisschen tanzen und mich bewegen."

„Ach, ich weiß nicht. Ich überlege es mir noch und ruf dich nachher an, jetzt muss ich erst mal duschen!" Und damit macht sie mir die Tür vor der Nase zu.

Jetzt habe ich ein flaues Gefühl im Bauch. Irgendetwas in mir ist zerbrochen, meine Gedanken trüben sich ein, alles wird grau.

Der Jockel ist auch nicht zu Hause. Ich fühle mich leer und verbraucht und bin so einsam wie der letzte Mensch auf dieser Welt. Am liebsten würde ich jetzt heimgehen, mich im Bett verkriechen, die Decke über dem Kopf, und warten, bis der Tag vorbei ist. Doch ich muss da durch, und wie ein einsamer Kämpfer gehe ich weiter meinen Weg.

Bei der Frau Finkernagel macht mir der Jockel die Tür auf.

„Kein Wunder, dass bei dir keiner zu Hause ist!"

„Komm rein und meckere nicht rum, willst du einen Kaffee?", fragt er.

„Ein Schnaps wäre mir lieber!"

„Oh, ist was schief gelaufen? Erzähl, du siehst echt mies aus!"

„Na, besten Dank, aber eigentlich bin ich hier, um mit Frau Finkernagel zu sprechen."

Die alte Dame sitzt in ihrem Lehnstuhl am Fenster und blickt auf die Ebene in Richtung Westen.

„Hier sieht man die fruchtbarsten Ackerflächen des Landes. Ein gesegnetes Land, ich bin froh, hierher zurückgekommen zu sein. Hier bin ich geboren, hier will ich begraben sein. Hier findet meine Seele Ruhe, weil es Menschen gibt wie den Joachim. Der hilft mir, meine Erinnerungen und die Geschichte meiner Familie zu sortieren."

„Ja, ich werde die Geschichte der Finkernagels von den Wormser Judenpogromen bis heute niederschreiben. Helene ist eine wunderbare Erzählerin, und ich muss da einfach nur mitschreiben!"

„Und die vielen Fehler, die ich mache, berichtigen, die Jahreszahlen und Ereignisse, die ich durcheinanderbringe, in die richtige Reihenfolge sortieren. Ohne dich würde das nichts werden", ruft sie aus ihrem Sessel.

„So schlimm ist das doch nicht."

„Und die Tage, die du in der Bibliothek sitzt. Tausend Jahre Juden im Worms. Eine lange Zeit hat meine Familie dort gelebt. Wir haben ja nicht viele Dokumente retten können."

„Es ist eine großartige Arbeit und endlich etwas, was mir liegt, was ich wirklich kann. Und was auch noch sehr großzügig von Helene bezahlt wird."

Als der Kaffee dampfend vor mir steht, Schnaps gibt es im Haus der alten Finkernagel nicht, sage ich:

„Ich war noch mal bei den Reiffenbergs und habe mir Ihre Nachricht angehört. Da ist mir was nicht so ganz klar, Sie sagen da, mehr zu sich selbst als zu den Reiffenbergs, dass Sie keinen Unfrieden haben wollen."

„Ja, das weiß ich nicht mehr so genau, ich komme mit diesen neumodischen Geräten nicht zurecht. Wir haben uns aber getroffen, das war vorgestern, am Feiertag. Da sind wir zum Hofgut gefahren, auf dem der alte Wucklow während der Nazizeit Verwalter war. Ich habe dann zu dem jungen Reiffenberg und seinem Vater gesagt, dass ich die Bilder nicht zurückhaben will. Sie sollen aber einen ordentlichen Betrag an Yad Vashem geben."

„Haben die Reiffenbergs Sie irgendwie bedrängt?"

„Nein, um Gottes willen, ich hatte ja auch den Joachim bei mir, ich wollte da nicht alleine hin."

„Ja, ich habe die Helene gefahren und war auch bei dem Gespräch dabei, das war alles sehr entspannt. Der alte Reiffenberg hat gesagt, dass es zurzeit schlecht um die Firma bestellt sei. Die Spende soll fließen, wenn die Provision aus dem Geschäft in Israel überwiesen ist. Dort geht es wohl um den Bau einer Textilfabrik, klingt irgendwie kompliziert, auf Palästinensergebiet und mit indonesischen und israelischen Investoren."

„Frau Finkernagel, hatten Sie den Eindruck, dass es den Reiffenbergs leidtut, was geschehen ist?"

Die alte Frau überlegt lange, dann schüttelt sie den Kopf. „Das ist schwer zu beurteilen, ich bin ja auch kein Psychologe. Aber ich glaube eigentlich nicht. Der verstorbene Reiffenberg war ein Selbstankläger. Von denen gibt es viele im heutigen Deutschland. Die versuchen, mit so einem nachgetragenen Widerstand ihre Unschuld zu beweisen. Wie soll das gehen? Die, die jetzt so groß tun, die wären damals vermutlich genauso mitmarschiert wie alle anderen. Das war ja so eine Massenbewegung, die jeden Widerstand sehr früh gebrochen hat, wenn man von wenigen Aufrechten absieht. So gesehen war der junge Reiffenberg eher unangenehm. Der schüttete sich Asche übers Haupt und wollte von mir seinen Freispruch. Das kam mir so unehrlich vor. Sein Bruder und sein Vater, die bedauern nichts, vielleicht auch deshalb, weil sie sich keine Gedanken um die Geschichte machen. Lassen Sie sich von einer alten Frau etwas sagen: Schleppen Sie nicht ein Leben lang den Ballast der Geschichte mit sich herum. Der Holocaust war das schrecklichste Verbrechen, das Menschen je einander angetan haben. Er wurde hier in Deutschland und in deutschem Namen begangen. Natürlich muss man verhindern, dass sich so etwas wiederholt, dass Menschen aufgrund ihrer Religion, ihrer Hautfarbe oder weil sie sonst anders sind, verfolgt werden. Sie können sich aber nicht jeden Tag gegen die Brust schlagen und Ihr Leben im Schatten des Holocausts leben. Die Reiffenbergs sorgten sich um ihre Geschäfte, um ihre Familie. Das war ehrlich und es ist nachvollziehbar."

Um halb vier sitze ich beim Günni, die Eintracht spielt erst morgen in Freiburg, aber Gladbach gegen Dortmund ist auch spannend. Jockel hat noch erzählt, dass er jetzt so eine Art Sekretär für die alte Finkernagel ist. Er schreibt ihre Geschichte auf, geht mit dem Hund Gassi und begleitet sie bei Behördengängen. Sie will eine Stiftung ins Leben rufen, die sich um behinderte Kinder aus Migrantenfamilien kümmert. Da gebe es noch viel zu tun, die Unwissenheit über Fördermöglichkeiten sei sehr groß. Bei den Familien fehle oft die Sensibilität für Menschen mit Behinderung.

„Ich habe jetzt einen richtigen Arbeitsvertrag mit Steuern und Sozialabgaben. Mann, Kalli, am Ende werde ich noch bürgerlich, und weißt du, was irre ist? Es macht mir richtig Spaß. Ich stehe morgens gerne auf und freu mich auf meine Arbeit.

Ich glaub, ich habe dadurch vielleicht auch bessere Karten bei der Sabine. Wir gehen heute übrigens zu einem Konzert von Paddy goes to Holyhead, die magst du doch auch, komm doch einfach mit!"

Das reißt meine Wunden wieder auf. Die Silke hat sich noch nicht gemeldet.

„Ich habe schon Karten und hab auch schon die Silke gefragt, ob sie mitgehen will, aber sie geht lieber zu einer Lesung."

„Dann solltest du die Silke anrufen und sagen, dass du mit auf die Lesung gehst", rät er mir.

In der Halbzeitpause rufe ich die Silke an und sage ihr, dass ich die Karten verschenke und mit auf die Lesung gehe.

„Ach, Kalli, ich hab's mir überlegt. ‚Die staufische Herrschaft über die Wetterau im Hochmittelalter' ist doch nicht so spannend, ich würde lieber mit auf das Konzert gehen."

Wie kann das Leben doch so schön sein!

Nach dem Spiel erzähl ich dem Jockel noch, was die Mutti bei ihrem Termin bei BavariaWind rausgekriegt hat.

Der Geschäftsführer in Echzell, Wolfgang Klipper, sei sehr zuvorkommend gewesen. Kein Wunder, die Mutti hat 100 000 Euro in Aussicht gestellt und dass sie die Kohle quasi sofort verfügbar hätte. Der Typ wollte am liebsten gleich einen Vertrag machen. Es gebe überhaupt keine Schwierigkeiten mit der Genehmigung, das würde jetzt alles sehr schnell gehen.

Der Jockel sagt, dass er einen alten Studienfreund hat, der beim Regierungspräsidium arbeitet. Über den hat er gerade erfahren, dass neben dem Einspruch der Echzeller Naturschutzgruppe auch noch ein Einspruch einer Fledermausgruppe aus Nidda eingegangen sei. Die hätten angekündigt, Klage einzureichen. Das Regierungspräsidium habe aber dennoch die Genehmigung in Aussicht gestellt. Nach den Ergebnissen anderer

Klagen dürfte auch das Verwaltungsgericht den Bau der Windkraftanlage nicht grundsätzlich zurückweisen. Es könnte aber durchaus sein, dass der ganze Rechtsweg beschritten werden muss, und das würde dann dauern. Beim Regierungspräsidium sind außerdem Beschwerden eingegangen, BavariaWind würde die Gegner der Anlage unter Druck setzen.

„Da fallen mir die Typen ein, die wir letztens beim Günni gesehen haben."

„Ja, an die denke ich auch gerade!"

„Wenn so drei Typen auf dich zukommen und ihre Argumente zum Fledermausschutz vortragen, dann könnte man schon ins Überlegen kommen."

Ich glaube, ich muss auch noch bei den Fledermausfreunden vorbeischauen.

Bei BavariaWind hat die Mutti noch weiter nachgehakt und auf den toten Reiffenberg verwiesen. So was würde doch auch noch weitere Gegner der Anlage nach sich ziehen.

Da wurde der Typ plötzlich ziemlich einsilbig. Er hat der Mutti noch ein paar bunte Prospekte mitgegeben und das war's dann. Die Mutti meinte, er hätte Verdacht geschöpft.

Ich trink noch eine Cola und geh dann heim zum Duschen. Die Dortmunder haben null zu zwei verloren, schade drum, der einzige echte Konkurrent der Bayern in dieser Saison schwächelt.

Punkt acht stehe ich mit meiner guten Lederjacke bei der Silke vor der Tür.

„Boa hey!", sage ich nur, als sie rauskommt. So richtig toll aufgebrezelt, dezent geschminkt, ein bisschen Lippenstift, enge schwarze Jeans, ein schwarzes T-Shirt mit Silberstreifen, schwarze Stiefel und eine schwarze Lederjacke. Ein schmales, goldenes Kettchen. Dazu hat Silke das Parfüm aufgelegt, das ich so an ihr mag. Wir holen noch den Jockel und die Sabine ab und fahren zu viert die paar Kilometer nach Friedberg. Silke sitzt bei mir vorne und erzählt von dem Partnerschaftstreffen.

„Die haben eine Verlosung gemacht. Der Hauptpreis ist eine Woche Meuselwitz an der Schnauder, all inclusive. Ich hab gleich zwei Lose gekauft, eins für mich und eins für dich. Wäre doch toll, wenn wir das gewinnen!"

„Ich hab noch nie was gewonnen, außer einem Messerset bei der Tombola von der Feuerwehr, das hab ich nach dem ersten Versuch gleich weggeworfen." Insgeheim denke ich, dass ich nicht in eine Stadt fahren will, die so einen Namen trägt.

„Ist das eigentlich ein Witz mit der Schnauder? Kein Ort kann so heißen!"

„Wenn du wüsstest, wie Orte in Deutschland heißen können. Im Übrigen hört sich ‚Echzell an der Horloff' für die Meuselwitzer sicher auch ganz lustig an. Wusstest du eigentlich, dass Meuselwitz die Geburtsstadt von Julius Ferdinand Blüthner ist?"

„Ist das der General von Waterloo?", frage ich.

„Nee, du Dussel, der hieß Blücher! Blüthner war ein berühmter Klavierbauer, so wie Steinway. Die Beatles spielten ihr Lied ‚Let It Be' auf einem Blüthner-Flügel."

„Jetzt bin ich aber baff, woher weißt du denn so was?"

„Ich habe doch als Kind ein paar Jahre Klavier gespielt und natürlich von einem Blüthner-Flügel geträumt. Das ist lange her, aber für ein paar Weihnachtslieder reicht meine Klavierkunst noch!"

„Ist das eine Einladung? Seit September gibt es ja schon Lebkuchen und Stollen, die kann ich dann mitbringen."

„Mal sehen. Außerdem gibt es noch eine Gemeinsamkeit von Echzell mit Meuselwitz. Hier wie dort wurde jahrzehntelang Braunkohle abgebaut."

„Und noch was, du Banause!", meldet sich jetzt Jockel von hinten. „Meuselwitz liegt in der Nähe von Altenburg. Das ist das Mekka der Skatspieler. Da mal im Skatmuseum gewesen zu sein, das wäre schon was. Ich hab mir deshalb auch ein Los gekauft."

„Mann, seid ihr aber gescheit, da sag ich gleich gar nichts mehr!"

Die Silke legt mir ihre Hand auf den Unterarm, und das fühlt sich ziemlich gut an.

Die Halle ist unbestuhlt, und das ist schön. Ich mag keine Rock- oder Folkkonzerte, bei denen ich auf dem Stuhl sitzen muss. Ich will mich zur Musik bewegen, und das geht bei Paddy goes to Holyhead echt gut.

Beim Tanzen gucke ich dauernd auf die Silke. Der Jockel sagt, ich soll nicht so gaffen, aber egal, wohin ich schaue, die Silke ist mit Abstand der schönste Anblick im Saal. Wenn sie mich anlächelt, dann wird mir ganz flau im Bauch, und ich bin froh, dass die Musik so laut ist, ich könnte jetzt sowieso kein vernünftiges Wort sagen.

Drei Stunden später bin ich schweißgebadet und total ausgepowert. Den anderen geht es auch nicht anders. Wir verzichten darauf, so verschwitzt noch was trinken zu gehen, und fahren gleich zurück nach Echzell. Ich liefere den Jockel und die Sabine ab. Vor ihrer Haustür gibt mir die Silke noch einen Kuss auf die Backe und sagt, dass es ein schöner Abend war. Und schon ist sie verschwunden. Ich bin jetzt nicht mal enttäuscht. Ich glaube, ich bin wirklich verliebt, und deshalb ist es auch gut, wenn wir es langsam angehen lassen.

Zu Hause sitzen die Mutti und der Richard bei Kerzenschein und Rotwein. Der Verbrauch geht ganz schön in die Höhe. Wenn die so weitermachen, ist unser kleiner Weinkeller bald geplündert.

Die Jutta hat noch angerufen, sie hätten interessante Neuigkeiten und müssten noch bis Montag bleiben.

25.

Am Sonntag soll es Schalet geben. In Oberhessen ist das bei Eingeweihten echter Kult. Am besten isst man Schalet zu Hause, ein Restaurant kriegt es sowieso nicht so gut hin wie eine engagierte Hausfrau. Jetzt muss die Mutti ohne die Jutta ran, aber da wird der Richard sicher helfen.

Schalet ist eine oberhessische Kreation, für die man vier Pfund Kartoffeln, eine Zwiebel, eine Lauchstange, ein Ei, ein Pfund Solberfleisch, ein Pfund geräucherte Mettwürstchen und als Gewürz Salz und Pfeffer benötigt. Solber ist eingesalzenes Schweinefleisch. Früher war das das weniger wertvolle Fleisch wie etwa die Füße. Heute wird auch wertvolleres Fleisch eingesalzen und als Solber verkauft.

Die geschälten Kartoffeln und die Zwiebel reiben, den klein geschnittenen Lauch dazugeben, das Ei, das gewürfelte Solberfleisch und die klein geschnittenen Mettwürstchen unterrühren und mit Salz und Pfeffer abschmecken.

In eine Auflaufform zwei bis drei Esslöffel Öl geben und im Backofen etwas erwärmen. Die Form aus dem Ofen nehmen, die Kartoffelmasse einfüllen und wieder in den Backofen schieben. Bei 160 Grad (Heißluft) ca. 60 bis 90 Minuten backen.

Dazu wird in Oberhessen selbst gemachtes Apfelmus gereicht.

Für Vegetarier lässt man einfach Solber und Mettwürstchen weg.

Zum Essen kommen der Jockel und die Sabine, die Frau Finkernagel und ihre Freundin, die Else. Die zweiundneunzigjährige Heimkehrerin haut kräftig rein, da staune ich nicht schlecht.

Nach dem schweren Essen biete ich der Silke an, sie heimzubringen. Sie lehnt aber ab, sie brauche Zeit, um sich über einige Dinge klar zu werden. Warum sagen Frauen manche

Dinge so, dass es einem plötzlich den Boden unter den Füßen wegzieht? Ich gehe früh ins Bett, morgen ist ein anstrengender Tag.

26.

Am Montagmorgen bin ich im Büro von Rektor Bertram. Die vier Kinder von den Günthers besuchen alle die Gesamtschule in Gedern.

„Der Herr Günther ist mehrfach vorstellig gewesen betreffs der Beschulung seiner Kinder und der Gestaltung einzelner Unterrichtsaspekte, nebst der dazugehörigen didaktischen Vermittlung und den ausgewählten Methoden."

Meine Güte, ich habe gar nicht gewusst, dass Leute noch so reden können. Wenn ich bei dem im Unterricht sitzen müsste, würde ich nach den ersten drei Worten tief und fest schlafen. Will der gerade nicht verstanden werden oder ist der immer so drauf?

„Können Sie mir sagen, was der Günther konkret wollte? Am besten sagen Sie mir das in den Worten von Herrn Günther."

„Der Herr Günther wollte, dass wir die Bibel auch im Biologieunterricht verwenden, statt der Evolutionstheorie. Ich hab ihm gesagt, dass das gar nicht geht, wir sind ja an das Curriculum, also an die Lehrpläne gebunden. Die geben auch vor, welche Lehrmittel einzusetzen sind. Die Bibel im Biologieunterricht einzusetzen, das geht vielleicht mal im Rahmen einer Doppelstunde, nur um mal eine andere Sichtweise dazustellen und diskutieren zu lassen. Aber der Herr Günther wollte ja die Bibel als ausschließliches Lehrmittel, das geht unmöglich. Das habe ich ihm auch so deutlich gesagt."

„Und wie hat er reagiert?"

„Na ja, gefallen hat ihm das nicht. Er war ziemlich ungehalten. Er wolle sich das nicht bieten lassen, er wolle vor Gericht ziehen. Ich habe ihm gesagt, dass die Lehrpläne mit geltendem Recht übereinstimmen, das haben die Gerichte schon mehr als einmal überprüft. Dann hat er gedroht, die Schule auszubluten. Die Mitglieder seiner Gemeinde würden ihre Kinder von der Schule nehmen. Wir wären ein Hort des Unglaubens und des Satans. Ich habe ihm gesagt, wenn er so viel Wert auf die christliche Umgebung seiner Kinder legt, warum er sie dann nicht auf eine besondere Schule schickt. Er antwortete, der Herr habe ihm befohlen, den Satan zu suchen und ihn zu bekämpfen. Ich hatte den Eindruck, dass ab diesem Zeitpunkt mit Herrn Günther nicht mehr rational zu diskutieren war."

„War's das dann?"

„Nein, noch nicht. Herr Günther redete sich weiter in Rage und hat uns gedroht, dass der Zorn Gottes auf uns niederkäme. Er hat uns das Fegefeuer und die Hölle angedroht und gesagt, dass unser Leben verflucht sei. Ich habe ihn ausreden lassen, bis er sich beruhigt hat, dann ist er friedlich und ohne Gruß aus dem Büro gegangen."

Anschließend fahre ich nach Nidda zu den Fledermausschützern. Georg Wagner, der Oberfledermausschützer, sieht genauso aus, wie ich mir so einen Naturtyp immer vorgestellt habe: Ende siebzig, graues, lockiges und noch volles Haar, braun gebrannt und drahtig. Er erinnert mich an Luis Trenker.

In seiner Wohnung riecht es nach nassem Tier, womöglich der steinalte Hund, der nur müde aufblickt, als ich ins Wohnzimmer komme.

„Herr Wagner, Sie haben Anzeige erstattet. Sie fühlen sich bedroht von den Leuten von BavariaWind?"

„Das kann man wohl sagen. Da sind drei Kerle hier aufgetaucht, die waren wirklich übel."

„Haben Sie die ins Haus gelassen?"

„Na, die haben mich ja regelrecht in die Wohnung gedrängt. Sie sagten, sie wollten dringend mit mir sprechen über Fledermausschutz und Menschenschutz. Doch die Sorge um die Zukunft der Menschheit, die nehme ich denen nicht ab."

„Inwiefern fühlten Sie sich bedroht?"

„Das fing schon damit an, dass zwei unserer Informationstafeln beschmiert worden waren. Dann standen plötzlich die drei Männer in meinem Haus."

„Wie sahen die aus?"

„Einer sah ziemlich normal aus, so Geschäftsmanntyp, dann war da so ein großer, etwas schäbig aussehender Typ und ein kleiner, fieser Giftzwerg. Jeder für sich allein wäre kein Problem gewesen, aber zu dritt wirkten die echt gefährlich. Einer sagte, ich soll aufpassen, dass die Menschheit nicht zurückschlägt, wenn die Tiere wichtiger genommen werden. Ich habe ihn gefragt, was er damit meint. Wir würden schon sehen, hat er geantwortet. Am nächsten Tag waren drei Infotafeln auseinandergebaut, die Holzpfosten zersägt und wie zum Lagerfeuer aufgeschichtet. Und noch was haben sie beschädigt. Ich selbst fahr ja kein Auto mehr. Aber der zweite Vorsitzende des Vereins, also mein Stellvertreter, dem haben sie mit roter Farbe das Auto beschmiert. Da stand ‚MENSCHENFEIND' drauf. Da kriegt man es natürlich mit der Angst zu tun."

„Haben sich die Besucher irgendwie vorgestellt?"

„Nein, natürlich nicht. Sie seien Freunde und wollten nur einen gut gemeinten Rat geben."

„Wie sah der aus?"

„Wir sollten eben den Fledermausschutz nicht übertreiben. Aber, wissen Sie, wenn wir die wenigen Populationen der Kleinen Hufnase nicht schützen, dann wird es bald keine mehr geben. Die meisten werden jetzt sagen: Na, und? Aber es geht doch dabei um etwas Grundsätzliches. Hat der Mensch das Recht, alles zu machen, weil es ihm nützt? Darf er den Lebensraum von Mitgeschöpfen zerstören, um billigen Strom zu erzeugen, Strom, der dann oftmals sinnlos verschwendet wird? Wir zerstören unsere Welt in einer atemberaubenden Geschwindigkeit. Wir im Verein wollen einen kleinen Beitrag dazu leisten, dass es nicht immer so weitergeht. Das hat nichts damit zu tun, dass uns Fledermäuse wichtiger als Menschen sind, natürlich ist das nicht so. Wir wollen nur dieser Maßlosigkeit widerstehen."

„Würden Sie nach den aktuellen Erfahrungen Ihren Widerspruch zurückziehen?"

„Nein, sicher nicht. Wir lassen uns nicht einschüchtern."

„Kann ich Ihnen ein paar Bilder aus unserer Datenbank zeigen? Vielleicht erkennen Sie ja die drei Besucher wieder."

„Ja, gewiss!"

Ich mache mit Wagner einen Termin für den späten Nachmittag aus.

Auf dem Weg nach Friedberg fahre ich an der Gesamtschule Ortenberg vorbei. Ich hoffe, Kerstin Berg kann mir noch etwas über die Familienverhältnisse der Reiffenbergs erzählen. Ich habe Glück und erwische sie in einer Freistunde, sie korrigiert gerade Klausuren.

Draußen scheint die Sonne, wir gehen ein wenig raus und genießen den vielleicht letzten schönen Tag dieses Herbstes.

„Wie war eigentlich das Verhältnis von Malte Reiffenberg zu seiner Familie?"

Sie bläst die Backen auf und entlässt dann die Luft mit einem seufzenden Ton. „In einem Wort? Schwierig! Den verstorbenen Großvater hat er auch Jahre nach dessen Tod noch verachtet. Mit dem Bruder hat er kaum gesprochen, der Vater hat mit ihm nicht gesprochen. Die einzige Klammer war die Mutter, nur ihretwegen ist er überhaupt noch nach Frankfurt gefahren."

„Warum war das Verhältnis zur Mutter anders?"

„Sie nahm noch irgendwie Anteil an seinem Leben. Sie war interessiert daran, was er macht, wie es ihm geht. Sie hat sich so sehr Enkelkinder gewünscht. Am liebsten von mir, das hat sie mir auch so gesagt. Der Vater war von Malte enttäuscht. Dass er Lehrer geworden ist, empfand er als sozialen Abstieg. Bei den wenigen Malen, die ich dort war, war mir die Familie immer unheimlich. Ich war froh, wenn der Besuch zu Ende war. Ich habe nie erlebt, dass Herr Reiffenberg seinen Sohn direkt angesprochen hat. ‚Sag deinem Sohn, dass er dies oder das machen soll', so ging das, echt schräg. Zu uns sind die auch nie gekommen, das hat Malte verletzt. Da war so wenig Interesse da, Malte empfand das als Zurückweisung, und so war das wohl auch gedacht."

„Und der Bruder?"

„Linus? Der ist total auf Karriere getrimmt, der versucht, seinem Vater alles recht zu machen, und das gelingt ihm auch prima."

„Wie war sein Verhältnis zu Malte?"

„Die beiden waren sich so fremd, wie man sich nur fremd sein kann. Malte hat nie über seinen Bruder gesprochen. Der war für ihn schlicht nicht da. Bei Linus war es nicht anders, denke ich. Sie haben sich ignoriert, sind sich aus dem Weg gegangen. Bis auf einmal, da kam es zum Streit. Das ist insofern besonders gewesen, weil in dieser Familie sonst alles unter den Teppich gekehrt wird."

„Worum ging es?"

„Das war ein geschäftliches Problem, es ging um einen Kreditvertrag, zu dem sie Maltes Unterschrift gebraucht hätten. Er hatte ja aus dem Erbe des Großvaters noch einige Anteile. Malte hat sich geweigert, den Vertrag zu unterzeichnen. Die Firma musste wohl deshalb das Geld auf anderen, viel teureren Wegen besorgen. Da kam es zu einem Riesenkrach. Malte würde sich freuen, wenn die Firma den Bach runterginge, hieß es. Was aus ihnen würde, wäre ihm total egal. Linus sagte, er wäre ein egoistisches Schwein, und auch der Vater sagte Sachen zu seinem Sohn, die Väter eigentlich nicht zu ihren Kindern sagen sollten. Das war echt heftig, wie die sich angebrüllt haben. Die Mutter hat geweint, aber die drei Männer haben nicht aufgehört. Malte sagte, an der Firma klebe Blut, damit wolle er nichts zu tun haben. Linus sagte, er solle seine Anteile verkaufen, dann wäre er draußen. Das wollte Malte aber auch nicht, er wollte die Firma nutzen, um Gerechtigkeit walten zu lassen, so hat er es mir gegenüber mal formuliert."

„Was hat er damit gemeint?"

„Ich habe keine Ahnung, ich wollte mit der Firma und ehrlich gesagt auch mit Maltes Vater und mit Linus nichts zu tun haben."

„Eine letzte Frage habe ich noch. Wusste die Familie von Malte Reiffenbergs Hobby?"

„Vom Mountainbiking? Ja, natürlich, das war doch Maltes Ein und Alles, sein Fahrrad und die Touren. Malte wollte bei der Hessenmeisterschaft im kommenden Frühjahr mitmachen, dafür hat er hart trainiert."

„Immer die gleiche Strecke?"

„Im Prinzip ja. Am Wochenende ist er auch mal in den Vogelsberg gefahren, aber meistens blieb er im Dorf, das war ja auch praktisch, er hatte sich dort die Bahn gebaut. Ich weiß gar nicht, ob da auch andere gefahren sind, wenn, dann höchst selten."

„Und das wusste die Familie?"

„Sicher, er hat oft davon gesprochen. Er war sehr stolz darauf."

Am Nachmittag treffe ich mich noch mit Georg Wagner in Friedberg. Die Durchsicht der Bilder ergibt aber nichts, die drei Typen sind bei uns noch nicht auffällig geworden. Da muss ich wohl noch mal zu BavariaWind nach Echzell.

Wolfgang Klipper will gerade sein Büro abschließen, als ich auf den Parkplatz fahre.

„Na, machen Sie heute schon früher Feierabend?"

„Es sind heute keine Termine mehr hier, und heute Abend treffe ich mich noch mit ein paar potenziellen Investoren."

„Sagen Sie denen auch, dass Sie die Widersprüche schnell beseitigen werden?"

„Wie meinen Sie das?"

„Sie erzählen doch den Anlegern, dass alle Probleme aus dem Weg zu räumen sind ..."

„Und genau so ist es!"

„Ja, aber das dauert seine Zeit, bis die Gerichte entschieden haben, und wenn das zu lange dauert, dann bricht Ihr System zusammen, und die Leute sind ihr Geld los."

„Genau das wollen wir ja verhindern!"

„Und deshalb haben Sie Ihre Schlägertruppe zusammengestellt, die harmlose Naturschützer bedroht, ihre Autos beschmiert und ihre Infotafeln zerstört?"

„Wenn Sie wüssten, wie ‚harmlos' diese Naturschützer sind, dann würden Sie anders reden. Wissen Sie, wie oft wir unsere Baustellenschilder schon ausgewechselt haben? Wie oft die beschmiert oder zerstört worden sind? Wissen Sie, wie oft ich persönlich bedroht wurde? Die drei Männer haben wir zum Schutz unserer Baustellen angestellt. Und sie begleiten mich, wenn ich in solche aufgeheizten öffentlichen Diskussionen gehe und mich den Leuten stelle."

„Die Fledermausschützer in Nidda sehen das anders. Die wurden massiv bedroht, Autos wurden beschmiert, zu dritt haben Ihre Leute den Vorsitzenden in seinem Haus bedroht."

„Das tut mir leid, die schießen manchmal etwas über das Ziel hinaus. Das ist aber nicht die offizielle Geschäftspolitik unserer Firma."

Ich lass mir die persönlichen Daten seiner drei Gorillas geben und fahr nach Hause.

In der Bachgasse ist schwer was los. Tante Jutta und Pfarrer Kutscher sind wieder da. Beide stehen am Herd und kochen zusammen Pastasoßen. Ich fasse es nicht, sie kosten gerade gegenseitig ihre Produkte. Wo leben wir hier eigentlich? In Bullerbü oder bei Hanni und Nanni auf dem Pferdehof?

Beim Essen erzählen die beiden, was sie in Frankfurt rausgekriegt haben. Sie hatten sich in einem kleinen Hotel in Sachsenhausen eingemietet.

„Wir haben dann Kontakt zu der Gruppe gesucht, der auch der Günther angehört hat. Haben gesagt, wir wären neu in der Stadt und wollten mit Gleichgesinnten unseren Glauben leben. Mit den Erfahrungen von Eugen aus seiner Arbeit in Thüringen war es natürlich leicht, die richtigen Fragen zu stellen und auch die richtigen Antworten zu geben. Die haben uns mit offenen Armen empfangen, ich hab mich richtig schlecht gefühlt, weil wir die so hintergangen haben. Es sind ja keine schlechten Menschen, ganz im Gegenteil. Normalerweise sind die ja eher misstrauisch, aber uns haben die gleich ganz herzlich in ihre Gemeinde aufgenommen. Am Samstag war Gottesdienst mit Abendmahl und am Sonntag nach dem Gottesdienst ein Gemeindefest. Das war eine gute Gelegenheit, mit vielen Gemeindemitgliedern ins Gespräch zu kommen."

„Ich habe dann von meinen Erfahrungen in Thüringen erzählt", ergänzt Eugen. „Von einem extremistischen Geistlichen und dass das für mich ein Grund gewesen sei, mich zurückzuziehen. Die haben dann gleich von dem Günther gesprochen, der sei so ein Scharfer gewesen, der habe die Gemeinde auseinanderdividiert. Abweichler in kleinsten Dingen hat der nicht geduldet, da musste alles genau auf Linie sein. Und dann haben die erzählt, dass er ein Gemeindemitglied mit Gewalt wieder in die Gemeinde zurückholen wollte, einen jungen Mann, der sich verliebt hatte in eine Frau, die jede Religion grundsätzlich ablehnte. Er hätte ihm als Strafe den Tod am Kreuz angedroht. Den Kreuzigungstod, den der Heiland für uns erlitten hat. Die haben erst geglaubt, der macht Witze. Aber der Günther ist kein Typ, der Witze macht. Was der sagt, das meint der total ernst. Es gab einige in der Gemeinde, die da mitmachen wollten, die meisten haben aber deutlich gesagt, dass das unmöglich sei und auch nicht im Sinne des Herrn. Das ging so eine Weile hin und her, und diejenigen, die beim Günther mitmachen wollten, sind immer weniger geworden. Irgendwann ist dann auch keiner mehr in den Gottesdienst vom Günther gekommen, und er ist dann mit seiner Familie in die Wetterau gezogen.“

27.

Bevor ich in die Polizeidirektion fahre, mach ich noch mal einen Umweg nach Gedern. Auch wenn Pfarrer Kutscher meint, die bibeltreuen Christen seien nicht so radikal-fundamentalistisch, dem Günther traue ich so einiges zu. Bastian, unser Computerspezialist in der Direktion, hat noch einige gelöschte E-Mails reaktiviert, und da waren echt massive Drohungen gegen den Reiffenberg dabei. Aber christliche Nächstenliebe ist ohnehin nicht das Spezialgebiet von Johannes Günther.

Auf dem Weg nach Gedern ruft mich die Biggi an. Der Günther sei in der Schule seiner Kinder völlig ausgeflippt. Mit einer Eisenstange habe er einen Lehrer und den Schulleiter verletzt und dann gedroht, die ganze Bude abzufackeln. Ich soll vorsichtig sein. „Der ist gefährlich!“, warnt sie mich, als wüsste ich das nicht selbst. Auf jeden Fall will sie mir eine Streife hinterherschicken.

Am Haus der Günthers ist es ruhig. Der VW-Bus steht in der Einfahrt, aber sonst macht das Haus einen verlassenen Eindruck. Grad wie ich die Gartentür öffne, bemerke ich aus den Augenwinkeln, wie sich etwas hinter dem Vorhang bewegt.

Ich klingele, nichts passiert. Ich drücke gegen die Haustür, und tatsächlich, da hat jemand den Türschnapper gelöst. Hinter mir gleitet die Tür wieder zu, und ich steh‘ im Halbdunkel. Diffuses Licht kommt durch die Milchglasscheibe in der Küchentür. Ich brauche einen Moment, bis sich meine Augen an das wenige Licht gewöhnt haben.

„Herr Günther!“, rufe ich ins Haus.

Nichts! Keine Reaktion.

Aus der Küche dringt im Sekundentakt das leise Ticken einer Uhr, sonst herrscht eine Stille, die richtig fühlbar ist und mir sofort auf den Magen schlägt. Ich hasse diese Situationen, man weiß, dass etwas passieren wird, und ist doch unvorbereitet. In unzähligen Fortbildungen haben wir das durchgespielt, aber eine Übung ist eben doch ganz anders als die Realität. Blöd nur, dass ich schon wieder meine Waffe vergessen habe.

Ich taste mich vor in die Küche. Auf dem Tisch mit der alten Wachstuchdecke steht eine halb getrunkene Tasse mit Tee. Durch die angelehnte Tür ins Wohnzimmer sehe ich einen Schatten. Ich reiße die Tür auf und liege im nächsten Moment der Länge nach auf dem Boden. Irgendetwas hat mich im Rücken getroffen, vor Schmerzen kann ich kaum atmen. Dann dreht mich jemand um, und ich schaue direkt in das wutverzerrte Gesicht von Johannes Günther. In der Hand hält er eine große Wasserrohrzange, mit der er mich wohl auch geschlagen hat.

„Mann, was soll das", kommt es gequält aus mir heraus, und ich muss echt mit den Tränen kämpfen. „Drehen Sie jetzt vollkommen durch, das hat doch alles keinen Sinn!"

„Sinn, Sinn!", schreit er, „ihr redet von Sinn und macht mein Leben kaputt. Meine Kinder sollen die Schule verlassen, die Erlaubnis für die Kinderbetreuung hat uns die Stadt entzogen. Meine Frau will ausziehen, weil sie es nicht mehr aushält, macht das Sinn? Ihr glaubt, ihr könnt alles mit uns machen. Wir wollen aber unser Leben so leben, wie wir es für richtig halten. Wir wollen eure Moral nicht, weil sie keine ist. Ihr glaubt, ihr könnt für euer Geld alles kaufen, und macht damit alles kaputt. Ja, der Reiffenberg, das war auch so eine falsche Natter, und dann tut er gerade so, als sei er derjenige, der die Welt rettet. Gott hat uns diese Erde geschenkt, nicht, damit ihr sie ausbeuten könnt, sondern damit wir alle sie schätzen und pfleglich mit ihr umgehen."

„Aber zur Schöpfung gehören auch die Menschen, sie zu töten, ist die schlimmste aller Sünden. Sie können mir nicht sagen, dass Gott das von Ihnen verlangt!"

Günther hat sich abgewandt und starrt durch das Fenster in

den öden Garten. Ich bin aber längst nicht in der Lage, ihn zu überwältigen. Mich auf die Seite zu drehen und leicht aufzurichten, kostet mich alle Kraft.

„Ich habe mein Leben lang versucht, im Einklang mit Gottes Wort zu leben. Glauben Sie mir, es ist heute leichter, gottlos zu sein, als nach den Worten des Herrn zu leben. Sagen Sie mir, warum haben Menschen wie Reiffenberg so viel Freude daran, uns zu verhöhnen? Ich kann das aushalten, aber sie haben auch meine Kinder angegriffen, sie haben alles in den Dreck gezogen, woran ich, woran wir glauben. Ich kann so nicht mehr, und ich will nicht mehr. Wir werden weggehen, nach Amerika, dort gibt es viel mehr, die so denken wie wir. Aber vorher werden wir hier ein Zeichen setzen, eines, das man nicht so schnell vergisst."

Jetzt bekomme ich es mit der Angst zu tun. „Mensch, Herr Günther, sie haben doch gar keine Chance zu entkommen, man wird Sie wegen Mordes suchen. Sie glauben doch nicht, dass Sie weiter als bis zum nächsten Ort kommen."

Günther schaut mich verwirrt an. „Sie haben doch echt keine Ahnung!"

Plötzlich hat er ein Messer in der Hand. Er kommt auf mich zu und beugt sich über mich. Verdammt, so wollte ich nicht sterben, ich trete mit aller Kraft zu, doch ich treffe nur sein Bein. Er lacht und kniet jetzt mit seinem ganzen Gewicht auf meiner Brust. Der Schmerz ist unerträglich, mir wird schwarz vor Augen und ich kriege nichts mehr mit ...

Ich weiß nicht, wie lange ich so gelegen habe. Als ich aufwache, finde ich mich auf dem Sofa der Günthers wieder. Bewegen kann ich mich nicht, ich bin mit Klebeband verschnürt, auch den Mund hat er mir zugeklebt. Mir kommt der Manni in den Sinn. Vor ein paar Tagen habe ich ihn so gefunden, und jetzt muss ich hoffen, dass ich auch so viel Glück habe. Aber wenigstens lebe ich noch!

Von draußen höre ich bald Stimmen. Angenehme Stimmen, die rufen:

„Polizei! Kommen Sie heraus, Herr Günther!"

Kurz darauf stehen zwei kräftige Männer in blauer Uniform vor mir und befreien mich von Knebel und Fessel.

Von Günther ist keine Spur so sehen. Er hat sich mit seinem VW-Bus davongemacht.

Nachdem die Fahndung nach Johannes Günther durchgegeben ist, melde ich mich ab. Mir tut alles weh, und ich will nur noch in mein Bett.

28.

Am nächsten Morgen geht es mir schon besser. Die gute Pflege in der Bachgasse und Tante Juttas Pferdesalbe haben echt geholfen.

Den Günther haben sie mitsamt Frau und Kindern noch am Nachmittag in Gedern geschnappt. An der alten Fabrik wollte er mit irgendwelchen frommen Sprüchen auf die sündige Welt hinweisen und den Menschen den rechten Weg erleuchten. Na, da wird definitiv erst mal nichts draus.

Die angeforderten Bankunterlagen sind jetzt endlich da. Mit einem süffisanten Lächeln wirft mir die Biggi den Stapel Papiere auf den ohnehin vollen Schreibtisch.

„FF – fiel Fergnügen, sag ich da nur!"

„Da brauche ich ja Tage, bis ich da durch bin. Und ich habe doch noch so schlimme Kopfschmerzen." Ich blicke die Biggi Hilfe suchend an.

„Ein Abendessen ohne alles ist das Mindeste. Der Roth ist schon wieder in Wiesbaden, seine Karriere pflegen, da kann ich dir ein bisschen helfen. Mich hat er mit der Planung des Haushalts für das nächste Jahr beauftragt, aber ich glaube, das kann auch noch warten."

„Abendessen, ohne alles", sag ich erleichtert und reiche ihr meine Hand.

Vor uns liegen jetzt die Kontoauszüge von Peleshi, Günther und den Reiffenbergs samt Firma. Ein einziger Blick auf die Zahlen zeigt, welche Welten da aufeinanderprallen.

Rein finanztechnisch ist der Peleshi eine arme Sau. 1500 Euro netto im Monat inklusive Überstunden. 380 Euro Miete, ein paar Versicherungen, bleibt wenig genug zum Leben. Dennoch hat er einen Dauerauftrag. Der überweist noch jeden Monat 100 Euro in den Kosovo, wahrscheinlich an seine Familie. Sonst ist bei ihm nichts Ungewöhnliches zu finden.

Interessanter sieht es bei Johannes Günther aus. Er hat ein eigenes Konto und führt auch das seiner Gemeinde. Darauf zahlen exakt 127 Gemeindemitglieder ihr Kirchgeld ein.

„Wenn das der Zehnte sein soll, dann sind die aber alle im Hartz-IV-Bezug!", sag ich zur Biggi. Zwischen 50 und 130 Euro werden da eingezahlt. Günther hat sich ein Gehalt von 2500 Euro genehmigt. Dass er davon Steuern zahlt, würde ich mal ausschließen. Günther hat auch nur 50 Euro Kirchgeld gezahlt, also scheint der Zehnte mittlerweile nur noch der Fünfzigste zu sein.

„Ja, die Inflation macht auch an den Pforten der Kirche nicht halt!", sagt die Biggi trocken.

Zu Günthers Gehalt kommt noch ein üppiges Kindergeld, fünf Kinder, das lohnt schon fast wieder. Günthers Frau hat noch ein paar Hundert Euro mit Kinderbetreuung verdient. Die Miete ist niedrig, vermutlich gehört das gemietete Haus einem Gemeindemitglied. Auffällig ist da aber auch nichts.

Die Unterlagen von Reiffenberg und seiner Firma nehmen drei Viertel aller Belege ein. Bevor ich mich an den Berg mache, brauche ich erst mal einen schönen Kaffee.

Geschlagene drei Stunden später sitzen wir vor einem Stapel von Auszügen und einer langen Reihe von interessanten Kontobewegungen. Bei Reiffenbergs wird eine Menge Geld hin- und hergeschoben. Ausgaben stehen Einnahmen gegenüber, nicht alles kann ich einordnen. Eine Position fällt aber sogar bilanztechnischen Amateuren wie Biggi und mir ins Auge: Linus Reiffenberg hat am 11. September ein Auto für genau einen Tag gemietet.

Mir hat er bei der Vernehmung gesagt, dass er am Todestag seines Bruders den ganzen Tag zu Hause gearbeitet habe und am Abend nach Indonesien geflogen sei. Und warum leiht er sich ein Auto und fährt nicht mit seinem schicken 5er-BMW?

Bevor ich mir dazu von Reiffenberg blöde Antworten geben lasse, rufen wir die BMW-Werkstätten in Frankfurt an. Schon bei der zweiten werden wir fündig. Die Firma Reiffenberg lasse alle ihre Geschäftswagen dort warten und reparieren. Der letzte Werkstattbesuch sei im März gewesen, da seien die Reifen gewechselt worden, das stehe jetzt auch bald wieder an. Ein anderer Servicetermin sei nicht geplant.

Mit dieser Nachricht setze ich mich ins Auto und fahre nach Frankfurt. Die Autovermietung will ich mir selbst anschauen.

Der Herr Reifenberg, erzählt mir der Geschäftsführer leutselig in bester Frankfurter Mundart, habe sich regelmäßig Autos ausgeliehen, meist Sportwagen, und immer für ein ganzes Wochenende.

„Der iss damit alsemal nach Sylt gefahren", erzählt mir der Mann. Deshalb sei es schon etwas ungewöhnlich gewesen, dass er unbedingt einen Kombi haben wollte. „Mer habe halt nur den ahle Passat, den nutze mer meistens nur für so Überführungsfahrte."

„Ist der Wagen zufällig da?", frage ich.

„Ja, der weiße dahinne uffm Hof." Er zeigt mir die Richtung.

„Haben Sie den seit damals vermietet?"

„Da muss isch nachgucke. Nein! Wie gesacht, der geht nur manschemal raus. Der Wache ist abber teschnisch noch ganz einwandfrei."

„Ja, das glaube ich Ihnen gerne! Wurde er seit damals gereinigt?", will ich jetzt wissen.

Jetzt wird der arme Mann tatsächlich rot. „Wir benutze den Wagen ja meist selber. Dann kam die Automechanika und noch eine annere Messe, da sin mer einfach nemmer zu gekomme."

Glück muss man haben, denke ich bei mir. Noch auf dem Firmenparkplatz rufe ich die Spurensicherung an, die sollen gleich jemanden schicken.

Eine Stunde später kniet der Kollege im Kofferraum des Passats und nimmt dort wie auch aus dem Radkasten Proben.

Am Abend herrscht Trauer im Hause Bachgasse 20. Richard und Eugen sind abgereist, statt Oper und Operette erklingen in gedämpften Tönen die Choräle von Johann Sebastian Bach.

„Es war so schön mit Richard und Eugen, endlich mal wieder richtig Leben im Haus!“, jammern die zwei.

Erst als ich neue Erkenntnisse in der Mordsache Reiffenberg durchblicken lasse, horchen die Damen auf.

„Dann war es doch nicht der Günther, sondern der Reiffenberg! Das Motiv für den Mord ist klar. Linus hat seinen jüngeren Bruder schon immer gehasst. Er war zwar der Liebling des Vaters, aber die Mutter stand zu Malte. Sie hat ihm Geld zugesteckt, obwohl er sich so undankbar gegenüber der Firma zeigte. Das ist nicht nur ein Liebesbeweis der Mutter, das hat den Linus rasend eifersüchtig gemacht.“ Wenn die Tante Jutta so die Motivlage mancher Täter analysiert, bin ich immer ganz weg.

„Aber warum diese Art des Tötens?“

„Der Linus ist ein cleverer Typ. Der hat damit gerechnet, dass die Polizei dann in eine bestimmte Richtung ermittelt. Die Reiffenbergs wussten ja von dem Ärger mit diesem christlichen Fundamentalisten und auch von dem Verhältnis mit der jungen Frau aus dem Kosovo.“

„Da ist was dran“, sage ich.

„Bei dem konkreten Anlass bin ich mir nicht so sicher. Die Sache mit dem Großvater, die Bilder der Familie Finkernagel, diese Kreditgeschichte und schließlich diese schriftliche Abrechnung haben bei Linus wohl das Fass zum Überlaufen gebracht. Wahrscheinlich hat der Malte der Familie von dem Dokument erzählt, vielleicht sogar daraus vorgelesen. Der hat Bruder und Vater vermutlich bis aufs Blut gereizt.“

„Aber die Finkernagel hat doch gesagt, dass sie keine Ansprüche an die Reiffenbergs stellt", wirft die Mutti dazwischen.

„Das hab ich mir auch überlegt. Ich glaube, die haben einfach nicht die ganze Meldung abgehört. Die Finkernagel hat ja erst nur gesagt, dass sie mit den Reiffenbergs sprechen will. Dann war auf dem Anrufbeantworter eine längere Pause. Erst dann hat sie gesagt, dass sie keinen Unfrieden will. Ein ungeduldiger Typ wie der Linus hat vielleicht nur einen Teil der Pause abgewartet und sich dann gedacht, dass da nichts mehr kommt. Für den hat sich das dann so angehört, als hätte der Malte schon ernst gemacht, und die Finkernagel wollte jetzt im persönlichen Gespräch ihre Ansprüche formulieren. Für Reiffenberg Consulting hätte das das Ende bedeuten können. Damit hast du auch dein biblisches Motiv, wenn es auch nicht der bibeltreue Christ war", resümiert die Tante Jutta.

„Wie meinst du das?"

„Kain erschlug Abel, der Brudermord."

„Jetzt wird sich der Linus wohl erst mal vor dem irdischen Richter Karl-August Neumann-Nördlicher verantworten müssen", sage ich, und als die Mutti den Namen hört, zuckt sie direkt zusammen.

29.

Am nächsten Morgen fahre ich gleich ins Labor. Thomas Ludwig und sein Leo freuen sich, als sie mich sehen. Das Tier sabbert mir entgegen, lange Schleimfäden rinnen aus seinem Maul, und wie der Hund so mit seinem Kopf wackelt, erinnert mich das an das Läuten von Glocken.

„Mann, Thomas, was hat denn dein Vieh heute Morgen gefressen? Der stinkt ja aus dem Maul wie bei uns die Kühe aus dem …!"

„Pansen, sauber gekocht, der Wind stand günstig, da konnte ich heute ganz früh schon ein paar schöne Portionen für Leo machen. Weißt du, das geht nur bei Westwind, sonst kündigt mir die Nachbarschaft die Freundschaft."

„Bitte nimm den Hund weg, sonst kotze ich dir auf den Labortisch." Ich habe wirklich das Gefühl, dass mein Frühstück noch mal grüßen möchte. „Wie kannst du den Gestank nur aushalten?"

„Bei dem, was mir hier so auf den Tisch kommt, ist gekochter Pansen eines von den angenehmeren Dingen, das kannst du mir glauben!"

So genau will ich es dann auch nicht wissen.

Nachdem Labor-Ludwig das Tier evakuiert hat, reiße ich die Fenster auf. Es ist kühl geworden, und die frische Luft tut mir echt gut.

„Ich habe den Wagen auf den Kopf gestellt, gefunden habe ich Holzablagerungen, die ziemlich sicher von dem Pfahl stammen, auf dem es den Reiffenberg aufgespießt hat. Definitiv sicher sind auch die Anhaftungen im Radkasten. Die stammen von der Ostseite des Wannkopfs, wie deine erste Probe. Das Beste aber ist, dass wir das Navigationsgerät auslesen konnten: Das letzte Ziel war die Autovermietung."

„Das wundert mich jetzt aber nicht!"

„Aber vielleicht interessiert dich auch der Standort, von wo das Ziel eingeben wurde?“

„Ganz sicher!“

„Das waren die Aussiedlerhöfe …“

„… auf der Ostseite des Wannkopfs?“, beende ich Ludwigs Satz.

„Ganz genau!“, bestätigt er.

„Wenn also das Auto nicht vom großen Unbekannten dort hingelenkt wurde, dann haben wir unseren Mann!“

Richter Kann sieht das genauso und stellt mir den Haftbefehl aus. Schwatz fragt mich, ob ich zur Verhaftung Verstärkung brauche.

„Ich habe das alles alleine durchgezogen, und jetzt bringe ich das auch zu Ende!“

30.

Im Frankfurter Westend öffnet mir die Mutter die Tür und fragt gleich nach Neuigkeiten.

„Ja, habe ich, darf ich eintreten? Schön, dass es Ihnen wieder besser geht."

Sie lässt mich herein und begleitet mich ins Esszimmer. Dort sitzt die ganze Familie Reiffenberg am Tisch.

„Darf ich Ihnen einen Kaffee oder ein Glas Wasser anbieten?"

„Ein Glas Wasser nehme ich gerne!" Und dann fange ich auch gleich an.

„Herr Reiffenberg, Sie hatten mir gesagt, dass Sie am Todestag Ihres Bruders den ganzen Tag im Haus gearbeitet haben, in Ihrem Büro."

„Ja, das stimmt, ich habe die Geschäftsreise nach Indonesien vorbereitet."

„Aber Sie hatten am Vorabend noch Zeit, in der Autovermietung einen Wagen zu mieten. War Ihr BMW denn kaputt?"

Er guckt ganz irritiert und sagt dann: „Ja, er hat so komische Geräusche gemacht!"

„Aha, aber in Ihrer Werkstatt waren Sie nicht, und in einer anderen Vertragswerkstatt auch nicht, das haben wir schon überprüft."

„Das Geräusch hat sich dann wieder gegeben!"

„Üblicherweise, sagte mir der Autovermieter, leihen Sie sich eher Sportwagen. Der Tag war ja wunderschön, wie gemacht zum Cabriofahren. Aber Sie wollten eher etwas Unauffälliges. Da passte so ein alter VW-Passat-Kombi besser, gell? Was haben Sie an diesem Tag gemacht?"

„Jetzt fällt es mir wieder ein, ich hatte hier Gras und Baumschnitt wegzubringen, das wollte ich noch vor der Geschäftsreise erledigen, bevor es nass wird."

„Aber Linus!“, wirft die Mutter ein, „das liegt doch noch alles draußen.“

„Das war dann alles sehr knapp, ich habe es einfach nicht mehr geschafft.“

„Das kann ich gut verstehen, vor einer solchen Reise ist ja immer viel zu tun. Nach Angaben der Autovermietung sind Sie aber immerhin 140 Kilometer gefahren. Und wissen Sie, was mich jetzt gar nicht mehr wundert?“

Schweigen.

„Ich sag es Ihnen: Diese 140 Kilometer sind genau die Entfernung von der Autovermietung zu Ihrem Haus und dann zur Ostseite des Wannkopfs und wieder den gleichen Weg zurück. Und genau dort wurde so ein weißer Kombi gesehen. Der Wagen wurde seit dem 13. September nicht mehr bewegt. Und was, glauben Sie, haben unsere Spurensicherer in dem Wagen alles gefunden?“

„Mann, wie soll ich das denn wissen?“

„Herr Reiffenberg, ich glaube, jetzt wird es Zeit für ein Geständnis!“

Die Mutter hält sich die Hände vors Gesicht und fängt an zu schluchzen. „Das hast du nicht getan! Das hast du nicht getan!”

Vater Reiffenberg legt ihr die rechte Hand auf den Rücken und lässt die andere resigniert in den Schoß fallen.

Jetzt fällt auch Linus Reiffenberg in einen jammervollen Ton.

„Was hätte ich denn tun sollen? Er hatte alles infrage gestellt, was Großvater, Vater und ich aufgebaut haben, wofür wir ein Leben lang gearbeitet haben. Er wollte uns vernichten mit seinen moralischen Schüben. Das war ja richtig krank. Von Raubgut hat er gesprochen. Aller Reichtum, das alles hier“, er beschreibt mit seinen Händen einen weiten Kreis, „beruht nur auf einem schäbigen Raub! Das waren seine Worte. Aber er hatte ja auch Anteile an der Firma. Und damit hat er viele Jahre ganz ordentlich verdient. Als wir den Kredit und dafür seine Unterschrift gebraucht haben, da hat er sich verweigert. Er hat einfach nicht unterschrieben, egal, was wir gesagt, wie wir gebeten, ja gebettelt haben. Und dann kam noch die Geschichte mit der alten Finkernagel dazu. Die mögliche Rückforderung, der Imageschaden, das hätten wir nicht geschafft. Ich musste es tun, ich hatte keine andere Wahl."

„Aber die Frau Finkernagel hat doch auf dem Anrufbeantworter deutlich gesagt, dass sie keinen Unfrieden will. Das kann man doch eigentlich nicht missverstehen. Sie wollte doch gar nichts von Ihnen. Sie haben mir doch die Stelle selbst vorgespielt."

„Ja, das stimmt, aber ich habe es beim ersten Mal nicht bis zum Ende abgehört. Da kam ja eine lange Pause. Ich dachte, da kommt nichts mehr!"

„Sie haben sich getäuscht!"

„Ja, ich habe mich getäuscht!"

In dem Moment bricht die Mutter in Tränen aus. Sie weint hemmungslos wie ein kleines Kind. Tränen über den Verlust ihres Kindes und auch Tränen darüber, dass sie ihren älteren Sohn verlieren wird. Tränen über so viel Hass, über zerstörte Erinnerungen, über die Ehe mit einem Mann, der das wohl alles irgendwie gebilligt hat. Später beruhigt sie sich. Mir kommt es vor, als würde die Frau immer kleiner, als hätte die Trauer alle Kraft verbraucht.

Ich will von Reiffenberg wissen, warum er den Mord auf diese Weise verübt hat.

„Das hat sich geradezu angeboten", sagt er fast stolz. „Malte hatte am Sonntag zuvor von seinem Ärger in der Schule berichtet. Er hat mir von Lindita erzählt, die Eltern sollten davon noch nichts wissen. Ich weiß nicht, warum er es mir erzählt hat, vermutlich wollte er mir seine Überlegenheit zeigen. Er hat auch Linditas cholerischen Vater erwähnt. Dass der ihn bedroht, ja sogar schon geschlagen hat. Und dann die Geschichte von diesem verrückten Priester. Ich fand, da gab es genügend Motive, die von mir ablenken würden."

„Und wie haben Sie den Pfahl so genau aufgebaut?"

„Das war nicht so schwer. Ich musste ja nur die Spuren genau anschauen, dann wusste ich schon, wo die Biker landen. Von der Sprungschanze aus lässt sich ziemlich genau die Flugbahn berechnen, so weit reichen meine Physikkenntnisse noch", sagt er nicht ohne Stolz.

Ich verkneife mir aber ein Lob und frage stattdessen: „Sie haben Ihren Bruder an der Sprungschanze erwartet?"

„Ja, ich war sehr früh da und wusste ja, dass er ungefähr fünf Minuten braucht, wenn er an der Sprungschanze bergauf vorbeifährt. Ich hatte vorher schon alles vorbereitet, das Loch gegraben, den Pfahl angespitzt, den musste ich nur noch festrammen. Dann habe ich mich wieder hinter dem Baum versteckt und gewartet."

„Und dann?", will ich wissen.

„Dann ist Malte genauso gefahren und auch gelandet, wie ich es berechnet hatte. Ich hatte ja, um ganz sicher zu gehen, die Fahrspur der Rampe noch etwas verengt. So war die Sache ziemlich sicher."

„War Ihr Bruder sofort tot?"

Mutter Reiffenberg stöhnt hörbar auf, und auch der Vater schlägt die Hände vors Gesicht.

„Nein, er war nicht gleich tot!"

„Hat er noch was gesagt?"

„Nein, mehr so gebrabbelt."

„Und dann sind Sie ihm auf die Hand getreten?"

„Ich wollte, dass Schluss ist. Ich wollte nichts mehr sehen und nichts mehr hören."

„Sie haben aber gewartet, bis er tot war?"

„Ja, da kamen ja zuerst Unmengen Blut aus dem Bauch und plötzlich dann nichts mehr. Dann war auch kein Atmen mehr zu hören. Da musste ich nicht mehr sichergehen."

„Und dann?"

„Dann bin ich abgehauen. Ich bin in die Firma zurückgefahren. Ich wundere mich, dass ich dabei nicht geblitzt worden bin. Ich habe das Beil in die Werkstatt gebracht, den Wagen sauber gemacht und in der Autovermietung zurückgegeben. Dann habe ich die Geschäftsreise vorbereitet."

„Linus Reiffenberg, ich verhafte Sie wegen des Verdachts des Mordes an Ihrem Bruder Malte Reiffenberg!", sage ich jetzt ganz förmlich.

Er reicht mir die Hände, selten war eine Verhaftung leichter.

Als ich mit ihm rausgehe, schauen ihn weder Vater noch Mutter an. Er wirft einen letzten Blick zurück. Mein Wasser steht noch unangetastet auf dem Tisch. Jetzt habe ich Durst, aber irgendwie wäre es falsch, noch mal zurückzugehen.

Epilog

Ostern 2014

Der Fall hat für einiges Aufsehen im Dorf gesorgt. Diesmal kam ich ziemlich gut weg. Unser Hessenfernsehen hat sogar ein Interview mit mir geführt. Wie ich den Reiffenberg sozusagen im Alleingang überführt hätte.

Polizeidirektor Dr. Roth hat von der Sicherheit gesprochen, die die Polizei jederzeit gewährt. Bei solchen Ermittlern könnten die Bürger gut schlafen. Beim Günni werde ich seitdem regelmäßig gefragt, warum ich meine Arbeit so schlecht mache, man habe wieder einmal so schlecht geschlafen. Richter Neumann-Nördlicher hatte mit dem Fall nach der Ausstellung des Haftbefehls nichts mehr zu tun. Wegen der Bedeutung des Falles wurde am Landgericht verhandelt. Neumann-Nördlichers Kollege in Frankfurt hatte die Verhandlung aber gut im Griff. Linus Reiffenberg wurde zu 15 Jahren Haft verurteilt. Die Sicherheitsverwahrung ist ihm erspart geblieben. An Heimtücke hat es zwar nicht gefehlt, aber weil keine Wiederholungsgefahr besteht, wurde auf die dauerhafte Strafhaft verzichtet.

Reiffenbergs Mutter hat das alles nicht überlebt. Sie starb kurz nach der Verhaftung an einem Herzinfarkt. Früher hätte man wohl gesagt, sie starb an gebrochenem Herzen. Vater Reiffenberg ist ein geschlagener Mann. Er hat ziemlich schnell alles verkauft und viel Geld für teure Anwälte ausgegeben. Aber ich glaube, dass Reiffenberg junior mit einem Pflichtverteidiger auch nicht anders aus der Sache rausgekommen wäre. Na ja, das Geld aus dem Verkauf der Firma ist ja nicht weg. Es liegt halt jetzt nur auf einem anderen Konto.

Reiffenberg war in der Verhandlung sehr kooperativ. Es reichten zwei Verhandlungstage, um den Prozess abzuschließen.

Die Boulevardpresse hatte natürlich ihre Freude an dem Fall. „Brudermord in Millionärsfamilie!" war die Überschrift jener Zeitung mit den vier Buchstaben. Wochenlang berichteten die über jedes Detail der Vorgeschichte, über die Jugend, das Studium, über Lehrerkollegen.

Die Kerstin Berg war sich nicht zu doof, denen die ganze Beziehungsgeschichte zu erzählen, dazu ein Foto von ihr. Das war aber auch echt toll, damit könnte die sich als Model bewerben. Dann hätte sie wenigstens auch was von der Sache.

Ich habe mit den Leuten nicht gesprochen, das hat der Goldt übernommen. Der hat uns alle auch echt gut aussehen lassen. Gleich nach der Festnahme hat er zur großen Pressekonferenz eingeladen.

Da saßen sie dann in der typischen Reihenfolge. Hauptkommissar Schwatz, Polizeidirektor Dr. Roth und Pressesprecher Goldt. Ich durfte auch am Tisch sitzen, ganz außen. Nachdem der Dr. Roth einen groben Überblick über den Fall gegeben hatte, durfte ich ein paar Details beisteuern. In den Zeitungen waren die Beiträge von Dr. Roth dann allerdings nur Nebensache, während ich sehr ausführlich zu Wort kam. Das hat den Dr. Roth sehr geärgert. Gesagt hat er nichts zu mir, aber die Birgit hat mir nachher erzählt, dass er einige Tage ziemlich angesäuert war. In der Polizeidirektion hatte ich natürlich einen guten Lauf. Die Kollegen haben mir auf die Schulter geklopft oder einfach nur anerkennend genickt.

Die Mutti und die Tante waren irre stolz auf mich. Ich glaube, dass die tatsächlich ihren eigenen Beitrag zur Lösung des Falls verdrängt haben. Als die Reportage vom Schwiers im Kreisanzeiger erschien, sind die beiden sichtbar gewachsen. Die zwei waren danach so oft einkaufen wie nie zuvor. Beim Metzger, beim Bäcker, beim Kaufmann, in den verschiedenen

Hofläden – überall wurde für den erfolgreichen Herrn Kommissar eingekauft und die Geschichte immer wieder aufgewärmt.

Die Windräder werden übrigens nicht gebaut in Echzell. BavariaWind ist erwartungsgemäß pleitegegangen. Später stellte sich heraus, dass auch die Gutachten über die Windgeschwindigkeiten und den zu erwartenden Stromertrag gefälscht waren. Ein Windrad auf dem Wannkopf wäre eine glatte Fehlinvestition geworden.

Privat ist es nicht so gut gelaufen für mich. Ich war nach dem Erfolg und dem ständigen Schulterklopfen so begeistert von mir selbst, dass ich wie auf Wolken lief. Dauernd wurde ich irgendwo eingeladen und sollte meine Geschichte erzählen. Die Silke musste oft arbeiten, so ging ich meist allein. Bei einer der Feiern ist es dann passiert. Polizeianwärterin Kim Schreier hatte nicht nur große Augen, sondern auch sonst viel zu bieten. Als wir bei mir in der Bachgasse im Bett landeten, ließen meine Hormone keinen Gedanken an morgen zu. Die hübsche Kim war alles andre als genierlich. Während ich noch schlief, setzte sie sich nur leicht bekleidet zu Mutti und Tante Jutta an den Frühstückstisch. Es dauerte nicht mal bis zum Abend, dann wusste die Silke Bescheid.

Das Schlimmste war der Blick, mit dem sie mich bedachte. Darin lag so viel Enttäuschung und Verachtung. Noch nie in meinem Leben habe ich mich so geschämt. Gesagt habe ich nichts. Was hätte ich auch sagen können? Ich hab‘s vergeigt.

Silke hat sich eine Auszeit genommen. Ihr Bruder lebt mit Frau und Kind irgendwo an der Ostsee. In der Nähe der polnischen Grenze wollen die ein kleines Hotel aufziehen, und die Silke hilft dabei. Ein halbes Jahr will sie dort bleiben, mindestens.

Für Jockel ist es etwas besser gelaufen. Sabine ist, wie zu erwarten war, als Heilpraktikerin gescheitert. Sie hat aber jetzt eine Stelle als stellvertretende Marktleiterin in einem Bio-Supermarkt in Friedberg. Der Titel verheißt mehr, als er ist. Die Sabine beutet sich jetzt auf moderne Art selber aus. Für ein kleines Gehalt arbeitet sie 14 Stunden am Tag und gerne auch mal am Wochenende. Abends ist sie dann so kaputt, dass sie zu nichts mehr imstande ist. Aber Sabine ist glücklich, wieder richtig im Berufsleben zu stehen.

Sabine hat übrigens auch die Reise nach Meuselwitz all inclusive gewonnen. Fahren kann sie aber nicht. Es sei halt so viel zu tun. Also fahren der Jockel und ich, und die Mutti und die Tante Jutta auch, aber die wohnen sowieso beim Pfarrer Kutscher.

Im Dorf kündigt sich der nächste Ärger an. Die seit vielen Jahren geplante Umgehungsstraße könnte vielleicht bald Realität werden. Zwei Gruppen stehen sich in erbitterter Feindschaft gegenüber: die Befürworter, die endlich Lärm und Gestank aus dem Dorf draußen haben wollen, und die Naturschützer, die nicht noch mehr Landschaft verbaut haben wollen. Die werden zudem von den Geschäftsleuten im Dorf unterstützt. Und jetzt ist auch noch Anton Rupp, Besitzer des örtlichen Bauunternehmens, verschwunden. Er sollte die Straße bauen. Es heißt, er sei mit seiner Affäre durchgebrannt. Aber sicher kann man da nicht sein ...

Personen

Karl Heinz Wetz (37), genannt Kalli, Kriminalkommissar, ermittelt in der Wetterau und lebt in Echzell
Hört am liebsten hr3 und die Musik der 80er. Fährt einen 30 Jahre alten Mercedes 280 S. Läuft nie und fährt mit dem Auto sogar zum Bäcker. Kalli leidet unter Depressionen und kann sich in einen Fall verbeißen. Danach kommt aber der Blues. Das verhindert seine Karriere, denn eigentlich wäre er ein toller Ermittler.
Wohnt bei Mutter und Tante im Haus. Die beiden hören Klassik-Radio von früh bis spät.
Mutter und Tante sind Hobbydetektive und sorgen oft für den entscheidenden Hinweis

Kallis Kumpel ist Joachim Nickel (37), genannt Jockel. Studierter Sozialwissenschaftler ohne Beruf, arbeitslos seit ewig, jobbt gelegentlich, um sich über Wasser zu halten, lebt sonst von der Stütze und liest viel. Hungerhaken, fährt viel mit einem alten, schwarzen Hollandrad.
Wenn Kalli ruft, ist Jockel da. Kalli und Jockel machen zusammen erfolglos Musik. Beide Singles und immer auf der Suche nach der richtigen Frau, vielleicht die Silke.

Mutter Hedwig (66), verwöhnt den Bub, seit der Vater vor 30 Jahren mit einer anderen durchgebrannt ist. Exzellente Köchin und noch bessere Kuchenbäckerin. War früher Sekretärin im Landratsamt und kennt noch viele Leute.

Tante Jutta (68), schöngeistig, war lange mit einem evangelischen Pfarrer liiert, „die Liebe meines Lebens“, ist schon viele Jahre her. Hat lange in einem Gemeindebüro gearbeitet und ist noch Küsterin. Verfasst Gedichte in Mundart, die sie auch vorträgt.

Kallis Chef ist Kriminalhauptkommissar Edgar Schwatz, mit einem Humor, der seinem Namen Ehre macht. Schwatz ist Misanthrop und säuft.

Polizeidirektor Dr. Ottmar Roth, Karrierist aus Frankfurt.

Pressesprecher Wolfgang Goldt, souveränes Auftreten bei völliger Ahnungslosigkeit.

Wenn die drei kommen, heißt es: „Deutschland im Anmarsch!"
Wenn's nicht so gut gelaufen ist, „Deutschland im Arsch!".

Malte Reiffenberg, unsympathisches Opfer.

Kerstin Berg, Ex-Freundin von Reiffenberg, heißer Feger.

Dr. Viktor Meindel, Chef von beiden, Rektor der Gesamtschule in Ortenberg.

Helene Finkernagel, kam als Jüdin zurück nach Echzell.

Maria Schüler, Freundin von Helene Finkernagel.

Alexander Koppenweh, Geschäftsführer von BavariaWind Deutschland, Bad Vilbel.

Wolfgang Klipper, BavariaWind-Bevollmächtigter, Echzell.

Silke, Kallis große Liebe, Bedienung.

Sabine, die Angebetete von Jockel.

Günni, Kneipenwirt.

Manfred (Manni) Kaltschnee, Schrauber und Opfer.

Lindita Peleshi, schwanger von Reiffenberg.

Lefter Peleshi, Hausmeister und Vater von Lindita.

Thomas Werner, bester Spurensicherer der PD.

Karl-August Neumann-Nördlicher, „Richter Kann“.

Thomas Ludwig, genannt Labor-Ludwig oder LL, mit Leo, der Dänischen Dogge.

Johanna Günther, gemobbte Schülerin aus Gedern.

Johannes Günther, ihr Vater, bibeltreuer Christ.

Elisabeth Günther, Ehefrau und Mutter.

Richard Schäfer, Ex-Bürgermeister von Meuselwitz.

Eugen Kutscher, Ex-Pfarrer von Meuselwitz.